Neues aus der alten Welt

ECON Unterhaltung

Der Autor:

Sir Peter Ustinov, geboren 1921 in London, ist Dramatiker, Romancier, Schauspieler und Regisseur, UNICEF-Botschafter und Träger des deutschen Kulturpreises 1994. Er lebt unter anderem in der Schweiz.
Als ECON Taschenbuch sind folgende Titel erschienen: DER ALTE MANN, UND MR. SMITH, DER INTRIGANT, DER MANN, DER ES LEICHT NAHM, GOTT UND DIE STAATLICHEN EISENBAHNEN, USTINOVS RUSSLAND, ÜBER GOTT UND DIE WELT. In gebundener Ausgabe sind außerdem im Programm: KRUMNAGEL, ICH UND ICH, WAS ICH VON DER LIEBE WEISS.

Peter Ustinov

Neues aus der alten Welt

Aus dem Englischen
von Rainer Schmidt

ECON Taschenbuch Verlag

Dieses Buch ist gedruckt auf 100% Recyclingpapier.

Deutsche Erstausgabe

First published in Great Britain 1993 by Michael O'Mara Books Limited
Titel des englischen Originals: USTINOV STILL AT LARGE
Aus dem Englischen übersetzt von Rainer Schmidt
Umschlaggestaltung: Molesch/Niedertubbesing, Bielefeld
Titelabbildung: Peter Ustinov
Lektorat: Bettina Foulon
Gesetzt aus der Baskerville Bork, Berthold
Satz: Dörlemann Satz, Lemförde
Druck und Bindearbeiten: Ebner Ulm
Printed in Germany
ISBN 3-612-27130-X

Neues aus der alten Welt

Sommersorgen

Endlich läßt sich die Sonne dazu herab, im Sommer zu scheinen, wie es sich gehört. Wir gewöhnen uns an all die unheimlichen Grillen eines Klimas, das uns nach Symptomen Ausschau halten läßt wie nervöse Bauern im Mittelalter. Plötzliche Hitzewellen mitten im Winter, Regen und sogar Schnee in relativ niedrigen Höhenlagen im August – und was danach? Wir hören den Medizinmännern im Fernsehen zu, wie sie von der Ozonschicht predigen, von saurem Regen und Treibhauseffekt, und wir nicken weise; wir verstehen zwar die Implikationen nicht alle so richtig, begreifen aber die allgemeine Tendenz so weit, daß wir, um es zurückhaltend zu sagen, von banger Unruhe erfaßt werden.

In dieser Atmosphäre hat Sonnenschein im Sommer etwas Beruhigendes. Und das, trotzdem es gewöhnlich die Zeit ist, die die großen Spielverderber der jüngeren Vergangenheit, die Generalstäbe der alten Mächte, zum Kriegführen auswählten. Die längeren Tage verhießen mindestens doppelt so lange Kämpfe wie im Winter, und dazu noch den Vorteil angenehmer klimatischer Bedingungen. Der große Vorzug der schönen Jahreszeit bestand darin, daß man seinen Feind praktisch rund um die Uhr sehen konnte, obwohl sich hier ein Risiko verbarg: Wenn die Dinge schlecht liefen, konnte er einen ebenso lange sehen.

Es gab noch eine andere Überlegung in diesen diabolischen Berechnungen, und das war der Faktor »Moral«, von besonderer Bedeutung im Kampf gegen die Franzosen. Kein anderes Volk trennt das Arbeitsjahr so klar von *»les vacances«*, den Ferien. Es scheint, daß alle buchstäblich am selben Tag ihr Werkzeug fallen lassen, um die Überbevölkerung der Städte an die Küsten zu verlegen. Und dann, an einem anderen vorgeschriebenen Tag, räumen sie die Küsten, um die Städte wieder zu besetzen, wie Heuschreckenplagen – sehr langsame Heuschrecken mit überwiegend schlechter Laune. Es hat zahlreiche offizielle Versuche gegeben, die Regelmäßigkeit dieser Gewohnheit zu durchbrechen, aber nur mit mäßigem Erfolg.

Jeder, der in der Vergangenheit in Frankreich einfiel, versuchte die Bevölkerung um diese Freuden zu bringen, indem er genau im Augenblick des Exodus angriff und das Volk so um das Vergnügen brachte, stundenlang mit schreienden Kindern und bellenden Hunden im Verkehrsstau zu stehen, oder um ein ähnliches Inferno in den Zügen. Wenn die Franzosen heroischen Widerstand leisteten, dann vielleicht, weil die Familienväter das Grauen der Ferien gegen den relativen Frieden des Schützengrabens eintauschen konnten.

Wie dem auch sei, heute wird recht wenig gekämpft in der Welt, selbst wenn der Friede, wie immer, unsicher ist. Ein Hochsommer ohne Touristen hat seinen düsteren Schatten über Jugoslawien geworfen, und es gibt Anzeichen dafür, daß selbst bei den Verstockteren unter den Regierungs- und Militärangehörigen die Erkenntnis reift, was für eine schwachsinnige Verschwendung der Bürgerkrieg ist. Natürlich kann man die Gebäude ersetzen, die von ungestümen Schießwütigen zerstört wurden, aber das kostet Zeit und, was in diesen Zeiten der wirtschaftlichen Ungewißheit noch wichtiger ist, Geld. Es muß heutzutage mindestens ein Zögern geben, bevor man Zerstörung als Instrument der Politik zuläßt.

Was ist mit dem Golf? Nun, selbst bei diesem kuriosen Unternehmen wetteiferten, während noch die intelligenten Bomben ihre intelligenten Verheerungen anrichteten, die Industriemächte um die beste Position beim Wiederaufbauderby – zunächst in Kuwait und dann, als es ganz schlecht kam, im Irak. Für manche war es ein Heiliger Krieg. Für eine Minderheit, möchte man meinen, die ihre verwüsteten Paläste wiederhaben wollte. Für andere war es ein sauberer Krieg des Guten gegen das Böse, wie es von niemand anderem als Präsident Bush ausgedrückt wurde. Wieder andere hatten guten Grund, es als gewaltige PR-Kampagne zu sehen, die den romantischen Namen *Desert Storm* bekam – eines Rudolf Valentino würdig, aber ohne den Vorzug seiner Schweigsamkeit – bei welcher der stotternde Motor der Vereinten Nationen mit hochoktanigem moralischen Sinn betankt wurde.

Bis vor kurzem ist niemand aus den Reihen der Skeptiker darauf gekommen, es als eine Flugschau zu betrachten. Nun hat unter allen nüchtern und sachlich denkenden Organisationen ausgerechnet die Schweizer Regierung an die vierzig amerikanische Kampfflugzeuge geordert und ihnen den Vorzug vor den französischen Mitstreitern gegeben; als Grund für diese Entscheidung nannte man ihre brillante Leistung im Golfkrieg. Der Krieg hat nicht nur einen kommerziellen Aspekt gehabt – fing er nicht mit einer Suche nach Sponsoren an wie jedes andere kommerzielle Unternehmen? –, sondern er erweckte offensichtlich ein kommerzielles Interesse an einem Teil der Hardware, als diese für jedermann zur Verfügung stand. Man muß schon Experte sein, um zu verstehen, weshalb die Schweiz in diesem Augenblick vierzig Kampfflugzeuge benötigt. Einem blutigen Laien wie mir erscheinen vierzig Stück entweder zuviel oder zuwenig. Die Obsoleszenz wird ihr häßliches Haupt erheben, ehe ein Jahrzehnt ins Land gegangen ist, und man wird in zwanzig neue Flugzeuge investieren müssen. Zwanzig, weil sie dann ein bißchen mehr kosten werden als heute die vierzig. Und man wird sie nicht einmal brauchen, außer für Überflüge an Nationalfeiertagen.

Einstweilen ist die Sonne heiß, der Himmel blau. Man kann sich des großstädtischen Putzes entledigen, der Krawatten etwa und der Socken. Sogar der Schuhe und der Hemden. Um uns herum eine Schwerindustrie im intimen Maßstab; Wespen und Bienen führen sich wie Riesen in ihrer eigenen Welt auf, zahlreiche und obskure Arten von Insekten zappeln auf dem Rücken, während sie auf der unperforierten Oberfläche des Wassers im Pool liegen, geraten in Panik und drohen zu sinken. Oh, diese Empfindungen der Frömmigkeit, wenn man ein ertrinkendes Pünktchen Leben nach dem anderen errettet, mit Hilfe eines Blattes oder indem man einen Finger als Landeplatz zur Verfügung stellt. Vielleicht kann man hier, in nächster Nähe zu einigen der kleinsten sichtbaren Bewohner unseres Planeten, mit Gewinn über den Wert des Lebens im allgemeinen reflektieren. Wenn man sich vorstellt, daß irgendwo diejenigen sind, die sagen, jeglicher Verlust eines Lebens sei tragisch, während sie Pläne für mögliche Szenarien entwerfen, in Form von Divisionen und Armeecorps samt den zulässigen Zahlen der Opfer! Und was ist der Vorwand für diese widersprüchlichen und genaugenommen nicht miteinander vereinbaren Gedanken? Der Sommer.

3. August 1991

Reich kassiert, arm bezahlt

Soziologen nennen häufig das offensichtliche Ungleichgewicht in der Verteilung des Reichtums der Welt als Grund für eine mögliche Zornesexplosion der Dritten Welt, die sich gegen die habgierige, arrogante Erste Welt und ihre unausrottbaren Ansprüche richtet. Zwanzig Prozent der Erdbevölkerung genießen achtzig Prozent ihrer Ressourcen – das ist eine oft zitierte Tatsache. Es ist zu vermuten, daß sich folglich achtzig Prozent der Bevölkerung mit den restlichen zwanzig Prozent begnügen müssen. Eine solche Unausgewogenheit muß zwangsläufig schwären. Und sie wird verstärkt durch die Ausbreitung einer gewissen Art der Korruption seitens der entwickelten Welt, einen Import, den die sich entwickelnde Welt wohl kaum genießen kann.

Schauen Sie Afrika ins breite Gesicht, wenn Sie wollen. Die Landschaft hat sich im Laufe der Jahre nicht sehr verändert, ebensowenig wie die Faktoten der Armut – Epidemien und Hungersnöte. Und doch sind die Großstädte anders als früher: Sie strotzen von Wolkenkratzern und Statussymbolen, lauter handfesten Zeichen der Konzentration des Reichtums an privilegierten Orten, und die plötzliche Existenz von Big Money und einer gesellschaftlichen Elite steht vor dem unveränderten alten Hintergrund menschlichen Elends. Darin besteht die Ausbreitung freier Gesellschaften nach unserem Vorbild. Und in unseren Augen wird die Erschaffung kleinerer Versionen der großen inneren Ungleichgewichte, die in unserer Gesellschaft existieren, auf irgendeine Weise die Kluft zwischen denen, die etwas haben, und den Habenichtsen verringern. Im schlimmsten Fall wird es eine privilegierte Kaste schaffen, mit der die Privilegierten im Westen eine gemeinsame Sprache werden sprechen können. Tatsächlich aber wird diese Erosion traditioneller afrikanischer und asiatischer Werte langfristig nicht zu unseren Gunsten arbeiten. Freilich gibt es eine privilegierte Minorität derer, die fähig sind, auf eine reifere Weise zu regieren als die gespenstische Panoptikumsgestalt eines Idi Amin und der gleichermaßen grausige Kaiser Bokassa der Zentralafrikanischen Republik, der eine ein Zerrbild britischer Imperialtradition, der andere eine Karikatur Napoleon Bonapartes mit Schwerpunkt auf Waterloo. Daß Afrika bereits Führer mit visionärer Kraft und ausgewogener Urteilskraft hervorgebracht hat, steht außer Frage. Und die Nationen außerhalb des Zirkels der wenigen Begünstigten setzen immer mehr auf den Einsatz neuzeitlicher Robin Hoods, um ihre Position klarzumachen und sich dem Hochmut ihrer alten Herren mit Waffen im Rahmen des ihnen Möglichen entgegenzustellen. Für uns in der entwickelten Welt ist Saddam Hussein keine liebenswertere Gestalt als Amin oder Bokassa, und doch verleiht ihm seine Fähigkeit, zu überleben, zu bluffen und unter den widrigsten Umständen hocherhobenen Hauptes umherzustolzieren, die Aura eines begnadeten Banditen und Nasenkneifers. Es mag wohl sein, daß Saddam anders als der echte Robin Hood (falls er außerhalb der Grenzen englischer Legenden und Wunschgedanken je existiert hat) die Reichen beraubt, um sich selbst zu bereichern, aber die Resultate stehen hier kaum zur Debatte, sondern nur die Motive. Jeder, dem der Aufstieg aus einem Status quo, errungen in einer kolonialen Vergangenheit als Frucht eines längst vergessenen Sieges, gelingt oder zu gelingen scheint, wird beinahe zwangsläufig die Unterstützung derer genießen, die nicht die Reichtümer ihres Bodens beizutragen haben, sondern nur den Schweiß ihrer Stirn. Der Reichtum des relativ jungen Staates Kuwait ist buchstäblich so etwas wie ererbter Reichtum in einer Familie. Das Überleben von Ländern wie Jordanien und Jemen muß mit dem Erfindungsreichtum und Fleiß ihrer Bürger in Übersee erkämpft werden, die stets einen Teil ihrer Einkünfte nach Hause schicken. Es ist nur natürlich, daß Kuwait mehr besitzt, was den überentwickelten Westen interessiert, als die anderen beiden – oder gar Kurdistan, dem es nie gelungen ist, einen eigenen Staat zu schaffen. Es erstreckt sich wie eine verschlissene Wolldecke über fünf existierende Staaten und zieht unsere Aufmerksamkeit nur auf sich, indem es gegen unser Gefühl von Menschlichkeit verstößt – eine neue und höchst willkommene Zutat bei der Einschätzung unserer Verpflichtungen.

Und nun, auf einer ganz anderen Ebene, aber mit denselben Hauptbeteiligten, kommt der Skandal um die Bank of Credit and Commerce International ans Tageslicht, den ein amerikanischer Staatsanwalt als größten Betrug in der Geschichte des Bankwesens bezeichnet. Großbritannien bleibt sich treu und scheint nur mühsam in Gang zu kommen, während es sich um Gewissenhaftigkeit bemüht. Der Secret Service und die Bank of England wissen anscheinend schon seit einer Weile, daß Abu Nidal diese Bank als Kanal zur Finanzierung terroristischer Aktivitäten im weltweiten Maßstab benutzt hat. Aber vor lauter Angst, voreilig zu sein, hat bis jetzt noch niemand gehandelt. Die Amerikaner haben weniger Skrupel. Wo die Sicherheit eines Staates oder die Integrität des Bankwesens berührt ist, ist es immer sicherer, erst zu schießen und sich später bei den nächsten Anverwandten zu entschuldigen, als wie ein begossener Pudel und mit einem Loch im Fuß dazustehen. Die Vereinigten Staaten gingen so weit, zu verlangen, man möge ihnen Mr. Abedi ausliefern, von dem man glaubt, er habe sich die Taschen mit Milliarden von Dollars vollgestopft. Der Vollständigkeit halber: Mr. Abedi ist Pakistani und wohnt, was nicht unnatürlich ist, in Pakistan. Wenn die Vorwürfe stimmen, gehört er ebenfalls zur neuen Generation der Robin Hoods. In diesem Fall hätte er die Armen beraubt, um sich selbst zu bereichern, aber das ist weniger wichtig als die Tatsache, daß er dem wütenden Ansturm der mächtigsten Regierungen der Welt die Stirn geboten und ihn überlebt hat. Das Überraschende bei alldem: Die pakistanische Regierung hat das Auslieferungsgesuch abgelehnt, und zwar mit einem unerwartet schnippischen Hinweis auf die westliche Dominanz in den internationalen Bankgepflogenheiten und, daraus folgend, der fehlenden Notwendigkeit für eine Nation außerhalb dieses Kartells, einer solchen Nachfrage nachzukommen. Ohne Zweifel wäre Pakistans Reaktion gemessener ausgefallen, wenn es ein kleineres Land wäre und geographisch zwischen Kolumbien und Costa Rica läge! Dann wäre womöglich eine Operation namens »Credit Squeeze« in Gang gesetzt worden, die den Zweck gehabt hätte, Mr. Abedi in Handschellen zurückzubringen. So aber deutet die Weigerung auf die Tatsache hin, daß die Selbstgerechtigkeit des Westens auf einen bloßliegenden Nerv trifft und daß in vielen Teilen unseres Globus eine unverhohlene Schadenfreude anzutreffen ist, wenn die sogenannten G7-Staaten mit Methoden über den Tisch gezogen werden, die sie für ihre eigenen gehalten haben.

Daß ein Mensch aus der unterprivilegierten Welt für den größten Betrug in der Geschichte des Bankwesens verantwortlich sein soll, ist an sich schon eine unglaubliche Leistung in den Augen vieler und verdient vorbehaltlose Unterstützung. Alle kleinen Jungen aus jenen achtzig Prozent der Weltbevölkerung werden davon träumen, Robin Hood zu werden und die alternden Orakel des Westens in ihrem eigenen Spiel zu besiegen – Science-fiction und all den anderen Kram den verwöhnten Sprößlingen der übrigen zwanzig Prozent überlassend.

9. August 1991

Lob der Faulheit

Dem tastenden Laserstrahl der wissenschaftlichen Forschung ist es gelungen, Licht in diverse obskure Regionen der menschlichen Natur zu werfen und dabei die Dunkelheit ringsum unausweichlich noch dunkler werden zu lassen. »Untersuchungen haben ergeben . . .«, beginnt der Satz unweigerlich, der uns sodann die Forschungsergebnisse gelehrter Körperschaften zur Kenntnis bringt, welchen es in der Isolation entlegener Campus gelungen ist, zu Schlüssen von unleugbarem Wert für das Verständnis unserer selbst und der Natur zu gelangen, in der wir nur winzig kleine Organismen sind.

Noch haben wir die Phase nicht erreicht, in der die Päpste der Wissenschaft uns davor warnen, daß Atmen schlecht für die Gesundheit oder das Verhungern mit gewissen Risiken verbunden sei, aber wir wissen zuverlässig, daß jedes Individuum das Potential seines Gehirns nur zu einem minimalen Teil ausnutzt. Gemäß dieser Entdeckung besteht der wahre Schlüssel zum Abenteuer des Lebens darin, die Schleusen des gerade außerhalb unserer Reichweite befindlichen Wissens zu öffnen, auf das ein jeder Mensch ein Geburtsrecht hat. Vielerlei Sprichwörter über müßige Hände und biblische Sägen, die den Fleiß als ideale Umgebung für praktische Frömmigkeit darstellen, setzen uns alle auf einen schmalen Pfad der Tugend. So hat der Geist keine Zeit, die Versuchung in Betracht zu ziehen, die schließlich unter anderem den Zauber des Daseins ausmacht.

Nun erreicht uns eine Fülle von neuen Entdeckungen amerikanischer Forscher, die zu einem gewissen Grade den alten widersprechen. Das liegt freilich in der Natur der Dinge. Entdeckungen haben nicht den geringsten Sinn, wenn sie nicht den Schatten des Zweifels über frühere Entdeckungen werfen und somit dem Individuum das demokratische Recht der freien Auswahl eröffnen. Diese neuen Entdeckungen sind das Ergebnis einer Technik namens Zeit-Budget-Analyse oder, wie man annehmen möchte, ZBA. Welchen Mangel auch immer es auf diesem alternden Planeten geben mag, einen Mangel an Abkürzungen bestimmt nicht.

Was haben die Vollstrecker der ZBA nun entdeckt? Ganz einfach dies, daß der unermüdliche Biber, die überarbeitete Ameise, die arbeitswütige Biene tatsächlich erstklassige Beispiele für Faulheit sind. Diese scheinbaren Vorbilder an Zielstrebigkeit sind in Wirklichkeit unstete Kreaturen, wobei der Biber tatsächlich nur zu arbeiten scheint, solange er von Menschen mit Ferngläsern beobachtet wird, aber außerstande ist, dem Durchhaltevermögen des Menschen in der Kunst der totalen Bewegungslosigkeit gleichzukommen, und daher den Anschein harter Plackerei aufgibt, während er noch beobachtet wird – daher diese Entdeckungen. Bienen verlieren rasch das Interesse an der Tretmühle des täglichen Blütenbefruchtens und lassen sich durch Marmelade, die an Löffeln klebt, und andere Substitute bereitwillig ablenken.

Was die Ameisen angeht, so hatte ich Gelegenheit, sie durch das Fliegengitter an einem der oberen Fenster in meinem Haus zu beobachten. Der Zweig einer Ranke lehnte ziemlich nachlässig an diesem Gitter, etwa wie eine Haarlocke auf einer Stirn. Eine endlose Prozession von Ameisen wanderte ohne erkennbaren Sinn auf diesem Zweig auf und ab. Sie kamen bis zum Fliegengitter, machten kehrt und bretterten wieder hinunter. Eine oder zwei wagten sich auf das Gitter, stellten fest, daß es undurchdringlich und nicht genießbar ist, ruhten sich ein Weilchen aus und stürmten dann mit neuen Kräften wieder hinunter, wobei sie diejenigen, die noch auf dem Weg nach oben waren, beiseitestießen. Das Problem bei meiner Art von Amateurforschung besteht darin, daß ich keine Möglichkeit habe, einzelne Ameisen zu identifizieren, und daher nicht wissen kann, ob die Ameisen jedesmal andere sind oder ob da immer dieselben wieder und wieder die gleichen Bewegungen vollziehen.

Wenn es tatsächlich immer andere sind, dann spricht sich die Neuigkeit, daß sich auf dem Fliegengitter nichts befindet, das sich zu haben lohnt, nicht besonders schnell herum. Wenn die Ameisen hingegen immer dieselben sind, dann spielen sie vielleicht ein Spiel, das wir nicht kennen. Vielleicht ist der Zweig ihr *Cresta Run* oder ein Riesenslalom. Wenn nicht, dann sind sie, das muß ich zu meinem Bedauern sagen, ihrem Ruf als hochentwickelte Lebewesen zum Trotz einfach dumm. Hochentwickelte Lebewesen sind wir schließlich auch.

Die ZBA hat mit gelehrten Beiträgen von den Universitäten Vermont, Ithaca, Minnesota, Kalifornien, Illinois und Michigan zumindest bis zu den nächsten Entdeckungen schlüssig bewiesen, daß unsere Partner in der Welt, die Säugetiere, Insekten und Vögel, den größten Teil ihrer Arbeitszeit damit verbringen, absolut nichts zu tun. Oder höchstens die minimalen instinktiven Erfordernisse für Überleben,

Fortpflanzung und andere Details zu erledigen. Das alles ist leicht zu glauben, wenn man beispielsweise an Austern denkt, die offenbar ihr ganzes trauriges Leben nur darauf warten, daß etwas passiert, und sich dann, wenn es passiert, vermutlich noch einen Augenblick lang wünschen, es wäre doch nicht passiert.

Aber mit Staunen denke ich an den Film *Quo vadis* zurück und erkenne, daß Austern nicht die einzigen Wesen sind, die zu einer entweder angeborenen oder erworbenen Vorliebe für Bewegungslosigkeit neigen. Am heißesten Tag dieses Jahrhunderts sollten die Löwen im Kolosseum die Christen fressen. Ich erinnere mich daran in allen Einzelheiten, denn in der Rolle des Nero hatte ich den besten Sitzplatz im Kolosseum. Ich gab mit abwärtsgerichtetem Daumen das Zeichen für den Beginn der Spiele. Die Menge johlte, als die Löwen in den wütenden Sonnenschein im Stadion geschlendert kamen. Ein paar Sekunden später hatten sie eine Schlange gebildet, um in den Grabesschatten ihrer Käfige zurückzukehren, und selbst der Umstand, daß sie seit zwei Tagen nichts zu fressen bekommen hatten, konnte sie nicht dazu veranlassen, sich mit ein paar schlafwandlerischen Schritten auf die gekreuzigten Christen zuzubewegen, die in Wirklichkeit mit rohem Fleisch ausgestopfte Puppen waren. Da haben wir's: ein schlagendes Beispiel für ZBA in der Praxis.

Der natürliche Zustand für Menschen und andere Lebewesen ist also der Schlaf oder doch wenigstens der Tagtraum. Jeder, dem das Arbeiten Spaß macht, gilt entweder als ungeheuer ehrgeizig oder als Verächter jener bei den Gewerkschaften beliebten Brüderlichkeit. Der Arbeitstag wird kürzer, das Wochenende länger.

In Holland, einem Land, das stets zur Avantgarde des

Laisser-faire gehörte, ist es jetzt möglich, aufgrund von *Over-spanning* krank zu werden, und jeder Angestellte hat das Recht, diese Diagnose selbst zu stellen und, wenn er die nötige Energie hat, ein entsprechendes medizinisches Attest zu unterschreiben. *Over-spanning* bedeutet die Belastung durch übermäßigen Streß, ein Opfer der Anspannung zu sein. Die Ärzte sparen sich fortan die Mühe, einen Zustand zu diagnostizieren, den der Patient viel besser selbst beurteilen kann, und die Arbeitgeber gehen, wenn sie nicht selber »überspannt« sind, davon aus, daß zu jedem beliebigen Zeitpunkt eine Anzahl ihrer Angestellten nicht zur Arbeit erscheinen kann. Es soll, wenn auch selten, Angestellte gegeben haben, die wegen Überspannung ein ganzes Jahr bei voller Bezahlung gefehlt haben.

Faulheit gelingt der Menschheit ebenso natürlich wie dem Tierreich, vorausgesetzt, man macht sich nicht mit dem Hokuspokus hochtrabender ethischer Erwägungen an den Instinkten zu schaffen. Um den verstorbenen Harry Truman wiederzugeben, könnte ein Löwe durchaus zum anderen gesagt haben: »Wenn du die Hitze nicht aushältst, verschwinde aus der Arena.« Und der andere Löwe – oder die Löwin – könnte geantwortet haben: »Halt's Maul und schlaf.«

16. August 1991

Vorsicht vor den Joghurtbanden

Es mag konventionell sein, aber wir hielten es nur für billig und recht, ein paar Tage in Südfrankreich zu verbringen, wie in alten Zeiten. Unweigerlich erinnere ich mich daran, wie die Reise früher gewöhnlich verlief: Entweder versuchte man zu schlafen, während der Kopf im Rhythmus der ganz unpassend so genannten Schlafwagen wakkelte, oder man fuhr auf schmalen Landstraßen hinunter, die einem zahlreiche verschiedene Wege in die Sonne eröffneten und auf eine ganz andere Weise verdrießlich waren als die öden Autobahnen heutzutage. Einmal angekommen, fand man trotz der wimmelnden Menschenmengen einen Parkplatz. Es gab einfach weniger Autos, und die, die es gab, waren für die Massen weniger leicht zugänglich. In diesem Sinne sind die Freuden des Seebades egalitärer und die Fragmente von Freude und Entsetzen gleichmäßiger verteilt. In jenen vergangenen Zeiten benötigten nur die Wohlhabenden einen Parkplatz; heutzutage braucht jeder einen, und nur wenige haben einen zu bieten. Es ist keine Frage von Reichtum oder Einfluß mehr, sondern von Glück und häufig auch von Schikane.

Wir lassen uns auf einer exorbitant teuren Luftmatratze am Strand nieder und lesen die Morgenzeitung, um in Kontakt mit der Welt zu bleiben, die wir vorübergehend hinter uns gelassen haben. Wir sind sehr bewußt in Ferien. Nur in den Ferien zahlt man diesen Preis für eine Luftmatratze. In den Ferien ist es anders. Und was lesen wir in unserem Hafen des Friedens und der Beschaulichkeit? Banden von Hooligans rauben die Nachtzüge aus Paris aus. Banden von Einbrechern stehlen systematisch Wertsachen aus Juweliergeschäften und Unisex-Frisiersalons. Banden von Peruanern überfallen die Autofahrer auf den Landstraßen von Frankreich nach Spanien und bringen sie manchmal sogar um. Rund 120 Türken sind mit Hilfe der Mafia aus Italien über die Grenze gekommen und in Aktion getreten, indem sie Leute überfallen und Haschisch verkaufen. So viele Missetäter sind aktiv bei der Arbeit, daß einen das gespenstische Gefühl beschleicht, nicht nur die Polizei, sondern die Bevölkerung überhaupt werde bald in der Minderzahl sein. In gewisser Weise nimmt eine solche Flut von Kriminellen, die man dem Berufsstand der Freiberufler zuordnen kann, in diesen Zeiten zunehmender Arbeitslosigkeit den Druck von der Regierung. Es ist offensichtlich unnötig, Arbeitsplätze für Leute zu schaffen, die sich so geschickt darauf verstehen, sich selbst welche zu schaffen. Aber das ist nur der karge Silberstreif an einer überaus finsteren Wolke.

Nach den Sprachen zu urteilen, die man die Nachbarn am Strand sprechen, kreischen oder brüllen hört, fließt der Ort über von denen, die mit der Geduld sehr kranker Leute darauf warten, nach Hause zurückzukehren, sobald ein Regierungswechsel es erlaubt, sowie jenen, die schon jetzt nach Hause fahren könnten, denen der Aufenthalt an einem ausländischen Strand aber eher entgegenkommt als die Unwägbarkeiten des Lebens dort, wo sie herkommen. Sie werden vielleicht erraten haben, daß die vorherrschende Mode das Arabische ist, gefolgt nur um einen Hauch diskreter vom Persischen. Schließt man die Augen, während man in der Sonne brät, könnte man leicht glauben, man sei am Golf, und nur der wehende Dunst der Sonnenlotionen tritt an die Stelle des beißenden Qualms brennender Ölquellen. Öffnet man die Augen, sieht man die ungleichmäßigen Reihen derer, die von größeren Sandflächen träumen, als ihnen derzeit zur Verfügung stehen, unterbrochen nur von kleineren Gruppen distinguierter Iraner, die diskret ihre Ansichten über den Mord an Herrn Bachtiar herausschreien. (Ich spreche kein Persisch, aber jedes dritte Wort ist französisch und jedes vierte englisch. Jedes fünfte Wort ist Bachtiar.) Versprengt in diesem Meer bestürzter oder melancholischer Menschheit finden sich isolierte Italiener, Deutsche, Briten und andere, die in einer Art angespannter Isolation mit sich selbst zu Rate gehen; während kleine Kinder der verschiedensten ethnischen Herkunft ebenfalls zugegen sind und die Barrieren niederbrechen, wie nur sie es verstehen, indem sie miteinander spielen, einander überschreien, einander mit Gegenständen bewerfen, damit aber zumeist dösende Erwachsene treffen, und indem sie mit den ihnen zur Verfügung stehenden Mitteln kriegerische Akte begehen.

Schließlich treibt einen der unaufhörliche Trubel an Land ins Wasser, und im wirbelnden Dunkel des aufgewühlten Sandes verliert man nach zwei Schritten seine Füße aus den Augen. In klarerem Wasser begegnet man zumeist Schwärmen von winzigen Fischen, die wie Pfeile hin und her schießen. Aber in der Düsternis, die selbst das seichte Wasser durchdringt, findet sich keine Spur von maritimem Leben, abgesehen von treibenden Fetzen zerzausten Seegrases. Zu diesen hatte sich bald ein Damenpuderquast gesellt, den man leicht für eine seltene Art von Seeanemone halten könnte, wäre da nicht ein Etikett mit der Aufschrift »Made in Korea«. Fragmente von verkohltem oder verschmutztem Papier dümpelten vorbei, und sofort hörte ich auf, mit offenem Mund zu schwimmen. Der Höhepunkt dieses Meeresabenteuers war erreicht, als ich das Gefühl hatte, verfolgt zu werden. Ich drehte mich diskret um und erblickte ein immenses Kondom, das in der Folge versuchte, sich an mich zu heften, wie ein streunender Hund es mit einem Passanten tut, der nur entfernt Mitgefühl zeigt. Wohin ich auch schwamm, das Kondom schien mir zu folgen. Geradeso wie in den Filmen, die nach Mitternacht im Fernsehen zu zeigen jetzt Mode ist und die Alpträume garantieren, wurde das *tenue* des zahmen Kondoms abrupt dadurch vollendet, daß es vor mir erschien. Hatte es mich überholt, während ich versuchte zu kraulen? Nein, ich brauchte nur darauf zu warten, daß das Kondom mich einholte, um zu begreifen: Es waren jetzt zwei. Sie vermehrten sich! Es gelang mir, durch die Lücke zwischen ihnen zu entkommen, solange es noch zwei waren, und ich kam mit einem Gefühl der Erleichterung zurück in das Chaos am Strand, mit dem Gefühl, die Zivilisation wiedergefunden zu haben.

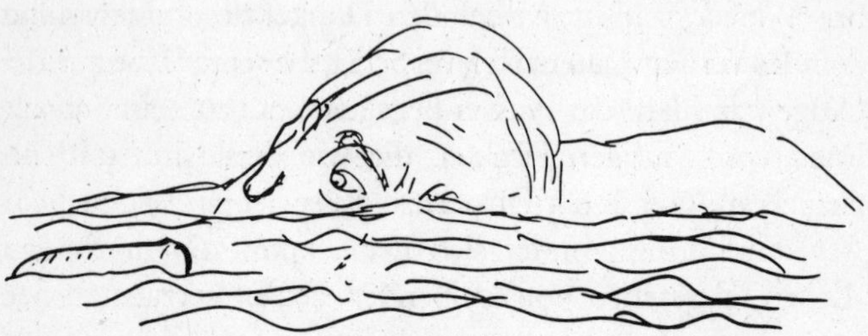

Unter unserem Balkon im Hotel war eine Bar, die voller Stolz bekanntgab, die ganze Nacht geöffnet zu sein – wie unser Zimmerfenster. Vor dem Schlafengehen füllten wir unsere Frühstücksbestellung aus: zweimal Grapefruitsaft, Kaffee für zwei, Toasts und zwei Joghurt für acht Uhr. Wir hängten sie draußen an die Türklinke. Südamerikanische Rhythmen und der Lärm freudloser Ausgelassenheit währten bis sechs Uhr früh. Ein paar alkoholisierte Skandinavier sangen, wie sie meinten, in harmonischer Einstimmigkeit. Es klopfte bei uns an der Tür. Ich öffnete, und zwei Kellner schoben zwei Tische herein, auf denen sieben Gläser Grapefruitsaft, zwei Omelettes, vier Schalen Müsli, fünf Joghurt, Unmengen von Marmelade und Käse sowie mehrere Kannen Kaffee aufgebaut waren. Ich sagte, das sei nicht für uns. Der Oberkellner zeigte mir die Frühstücksbestellung mit meinem Namen und einer gefälschten Unterschrift; quer über die Seite hatte man ein großes und sehr schmeichelhaftes »VIP« gekritzelt. Da stand: Sechs Uhr. Anscheinend gibt es Banden von Heranwachsenden mittleren Alters, die sich damit amüsieren, die Frühstücksbestellungen zu ändern, die zum Putzen hinausgestellten Schuhe zu vertauschen und so weiter. Da sie nie zur Stelle sind, um die Resultate der von ihnen gestifteten Verwirrung zu erleben, begreife ich nicht, was ihnen daran Spaß macht. Ich sagte dem Room Service, daß ich in Zukunft keine sieben Gläser Grapefruitsaft mehr brauchen würde, da ich ohne meine Frauen unterwegs sei. Einstweilen erwägen wir die Rückkehr in unser leeres Heim, um endlich Ferien zu machen.

23. August 1991

Zeit des Nebels und der Gewalt

Die herbstliche Jahreszeit hat begonnen, trotz des hartnäckigen Sommerwetters im größten Teil der nördlichen Hemisphäre. Gelegentlich droht Regen, ein paar Tropfen fallen, und dann bricht das Lächeln der Natur durch alle Schranken. Man fragt sich, welche Gewalttaten der Winter bereithalten mag, als Vergeltung für diese unzeitgemäße Milde. Die meisten Leute haben ein eingebautes Gleichgewichtsempfinden, ein Gefühl für die Buchführung der Umwelt, und während sie genießen, was sie für himmlische Fehlurteile halten, fragen sie sich doch auch, welchen Preis sie bezahlen werden müssen, wenn der Irrtum entdeckt und mit Nachdruck korrigiert wird. Woher also weiß ich, daß der Herbst gekommen ist? Ganz einfach, weil der Kalender diktiert, daß die Monate der Muße vorüber sind und der Versuch, sich für vor uns liegende Anstrengungen zu kräftigen, keine Zukunft mehr hat.

Vor drei Tagen war ich in Göteborg in Schweden, in einer Atmosphäre, die ebenso kühl wie funktional und nebenbei mit einer Prise romantischem Idealismus gewürzt war. Zu welchem Zweck? Zu einem Fernsehauftritt bei einem skandinavischen Spitzenentertainer, einem Musiker und Witzbold namens Eddie Skoller. Das Publikum setzte sich aus Einheimischen zusammen, die anscheinend nicht nur alle

Englisch verstanden, sondern auch das genießen konnten, was hoffentlich Feinheiten waren, und ihr Lachen war dem in England erstaunlich ähnlich und enthielt subtile Reaktionen auf Bemerkungen, bei denen ich nie auf ein hörbares Zeichen der Kenntnisnahme gehofft hätte.

Wenn man durch die Straßen geht, spürt man deutlich die entspannte Atmosphäre einer funktionierenden Demokratie, die sich unmerklich von einer unentschlossenen Wahl erholt. Hier gab es nicht die Furcht vor der Unordentlichkeit eines Mehrparteiensystems, wie sie in England immer zu existieren scheint, wo die Freiheit, in Frieden zu regieren, oft das Bedürfnis ersetzt, eine größere Zahl von Meinungsschattierungen vertreten zu sehen. Was Demokratien angeht, so entspricht das schwedische Beispiel ihren Idealen mehr als ihre britischen oder amerikanischen Gegenstücke, und wenn man durch die breiten, stillen Straßen geht, so unterbevölkert wie das ganze Land, kann man nur beeindruckt zur Kenntnis nehmen, daß dieser Teil der Welt für den höchsten Pro-Kopf-Beitrag zu internationalen Wohltätigkeiten verantwortlich ist. Es gibt einen fest verwurzelten Bürgersinn in diesen Gegenden, der vielleicht als Trost für die relative Isolation und Leere dient, aber deshalb nicht weniger eindrucksvoll ist.

Im Fernsehen beherrschen weinende Kroaten die Nachrichten. Ein kurzer Zwischenstopp in Kopenhagen, eine Landung in Birmingham und eine Nacht in jenem Vorposten von Originalität und Lyrik – Dublin. Vier Länder zwischen Frühstück und Abendessen. Ein Gang durch Dublin ist voller Überraschungen – vier Musiker im Smoking spielen in der Grafton Street Vivaldi, und ein besoffener Tramp bietet choreographische Köstlichkeiten. Und selbst der Regen, wiewohl für die Jahreszeit zu naß, scheint aus lauter

Verzierungsnoten zu bestehen, die im Überfluß herniederperlen.

Nichtsdestoweniger haben weinende Zivilisten den Ehrenplatz in den Abendnachrichten. Am nächsten Tag dann früh nach Genf und abends auf die Opernbühne, nicht zum Singen, wie man erleichtert zur Kenntnis nehmen wird, sondern um zum feierlichen Abschluß eines internationalen Juristenkongresses ausgewählte Texte von Voltaire zu lesen. Frederic Dard, der französische Kriminalschriftsteller, und Prinz Sadruddin Aga Khan lasen aus den Werken von Calvin und Jean-Jacques Rousseau. Der erste Teil des Abends war ernst, der zweite eine übersprudelnde und sarkastische Revue: Schweizer Anwälte, die über sich selbst lachten. Ein Paradoxon? Man soll nie vergessen, daß die Schweiz nicht nur Bankdirektoren hervorgebracht hat, sondern auch ein paar der größten Clowns der Welt, darunter Grock. Da der Clownsberuf mindestens in dem Maße Disziplin und Energie erfordert, wie es bei einem Finanzier der Fall ist, handelt es sich hier vermutlich nur um die Kehrseite derselben Münze – in diesem Fall des Schweizer Frankens. Die Schweiz ist schon wieder ein kleines Land mit einer beredten Botschaft an die aufkeimende europäische Föderation. Die historischen Tatsachen ihrer eigenen Geographie einigen sie stärker, als die Unterschiede zwischen ihren vier Sprachen sie teilen. Der Umstand, daß sie die Heimat einer über alle Maßen rigiden Konformität und auch ihres Zerrbildes, des absurden Surrealismus einer bis zum Unlogischen getriebenen Logik ist, bedeutet keineswegs eine Anomalie. Er ist der unschätzbare Beitrag der Schweiz zum Zustand Europas.

Und jetzt Pittsburgh. Es ist acht Uhr früh in Europa, nicht hier. Hier ist es zwei Uhr nachts, und ich schreibe meine Kolumne für den *European*. Das Fernsehen läuft, damit ich mich besser konzentrieren kann. Manchmal schläfert es mich ein wie nichts sonst. Das letzte, woran ich mich aus dem Schweizer Fernsehen erinnere, sehr früh heute morgen, waren die weinenden Kroaten. Sooft sich Landschaften und die Gewohnheiten der Menschen auch ändern, die Welt von heute erkennt doch zu jeder beliebigen Zeit, was wichtig ist. Nur, daß die Tragödie in Jugoslawien im Fernsehen hier einen Platz zwischen anderen Ereignissen einnimmt, die zumeist von lokaler Bedeutung sind, Sportergebnissen etwa oder den schmutzigen Aussagen von Zeugen des neuesten Mordes. Wir sind wieder in einem großen Land, dessen Herzschlag nach all den verschiedenen Manifestationen der Kleinheit tatsächlich hörbar ist.

Auf einem der Infokanäle ist eine Sitzung des *Democratic National Congress* im Gange, und ich bemühe mich, nicht hinzuhören. Bevor ich aber meine Ohren verschlossen habe, habe ich noch mitbekommen, daß es sich um ein Dinner von Demokraten handelt, die darauf hoffen, bei der nächsten Wahl gegen George Bush antreten zu können. Der erste Redner, Mr. Brown, Exgouverneur von Kalifornien, hat wenig gesagt, was mich von meiner Arbeit abgelenkt hätte.

Der zweite Hoffnungsträger, ein junger Bursche namens Dave McCurdy, fesselte meine Aufmerksamkeit, indem er in flammendem Ton feststellte, Amerika sei die älteste Demokratie der Welt und verdiene daher Respekt. Offensichtlich erwartete er Beifall, und als der nicht kam, machte er eine Pause, wo er hätte sein sollen. Dann beschrieb er sich selbst als naheliegendes Präsidentialmaterial und gestattete seiner Stimme zu brechen, als er uns erzählte, daß Dad und Mom neunundvierzig Jahre und ein paar Monate verheiratet gewesen seien, als der erstere dahingeschieden sei. Mir graut davor, daß ich von diesem Fliegengewicht noch einmal hören könnte, und sei es nur als würdigem Gegner für Dan Quayle. Nach dieser Orgie des Mittelmaßes dann Jesse Jackson, der die Ansicht bestätigte, daß er ein viel zu klarer und intelligenter Redner ist, als daß er je ein hohes Amt innehaben könnte.

Meine Aufmerksamkeit wurde nur noch ein einziges Mal abgelenkt, bevor ich meinen Artikel fertig hatte. Eine Frau mit dem wilden, wortlosen Ausdruck eines Menschen, der mehr Mißhandlungen hat hinnehmen müssen, als ihm zukam, saß da und starrte ins Leere, während die Moderatorin dieser Sendung – was immer es gewesen sein mag – erklärte: »Danke, daß Sie Ihre Feindseligkeit mit uns geteilt haben.« Das können Sie zweimal sagen, Lady. Jederzeit. Jederzeit.

27. September 1991

Über Sex, Sünde und Dummheit

Das letzte, was ich tun möchte, ist, eine Situation wieder aufzuwärmen, die bereits ihren elenden Eindruck im britischen Leben hinterlassen und die ganze scheinheilige Pharisäerbrigade aus dem Gebüsch gelockt hat. Ich rede von einem Ereignis, das in den meisten anderen Ländern keines wäre: von der Vernehmung eines Oberstaatsanwalts, der im Londoner Viertel um King's Cross angeblich bei einer Plauderei mit einer Prostituierten ertappt worden war. Daß dieser prominente Jurist von seinem Amt zurücktrat, kaum daß sein Name von den eifrigen Polizisten zu Protokoll genommen worden war, läßt vermuten, daß es bei der Unterhaltung nicht um das Festhalten Großbritanniens am gemeinsamen europäischen Markt gegangen ist. Man kann es vermuten, aber bewiesen ist nichts.

Es ist etwas ganz Normales für die Damen der Nacht – und selbst für die Damen des späten Nachmittags –, daß sie ihrem Gewerbe in der Nachbarschaft von Bahnhöfen nachgehen. Dies ist in vielen Ländern mit dichtbevölkerten Ballungsgebieten und den daraus resultierenden Massen von Berufspendlern so. Ich kam in Deutschland aus einem Bahnhof und schickte mich an, zu Fuß in mein Hotel zu gehen, da die Entfernung ein Taxi nicht rechtfertigte. Eine Prostituierte, an der ich vorüberkam, war ob meiner Anwesenheit in dieser speziellen Stadt offenbar dermaßen überrascht, daß sie sich zu dem Ausruf veranlaßt sah: »Ach, Mr. Unicef!«

Ich war in meiner Eigenschaft als Botschafter jener Organisation im Deutschen Fernsehen aufgetreten, und dies war ein so charmanter Lapsus, daß ich stehenblieb, um mit der Dame zu reden. Es wäre eine grobe Unhöflichkeit gewesen, mir diese Mühe nicht zu machen. Sie war eine Person, die offensichtlich bessere Zeiten gekannt hatte und ihrem derzeitigen Beruf tüchtig, aber ohne übermäßigen Enthusiasmus nachging. Sie hatte ein Kind zu ernähren und erklärte, die Millionen Kinder, die in weniger glücklichen Umständen als ihre Tochter leben müßten, berührten sie sehr. Deshalb spendete sie Geld an Unicef, wann immer sie es sich erlauben konnte. Gäbe es in Deutschland nun die gleichen schlechtverfaßten Gesetze wie in Großbritannien, ich hätte leicht genötigt sein können, meine Identität einem umherstreifenden Polizisten zu offenbaren, dessen Pflichtbewußtsein das Maß seiner Menschlichkeit überstieg.

Wie hätte es sich für einen solchen Funktionsträger angehört, wenn ich vorgebracht hätte, bei meiner Unterredung sei es um Unicef gegangen? Was denn – mit einem Flittchen? Und hätte die Dame dann bestätigt, daß wir über die Lage der Kinder dieser Welt sprachen, so hätte die ganze Begebenheit vermuten lassen, es handele sich um eine ungeschickte Verschwörung zum Schutze meines Namens. Bei einer anderen Gelegenheit, an der österreichisch-deutschen Grenze, wies ich dem Grenzbeamten meinen Paß vor. Er sah das Foto, warf mir einen erschrockenen Blick zu und rief in einem durchdringenden Ton, der an die unbetrauerten Gauleiter der Vergangenheit erinnerte: »Ich behalte diesen Paß ein. Parken Sie Ihr Fahrzeug auf dem Platz dort, und kommen Sie ins Zollgebäude.« Ich parkte den Wagen und stieg zitternd vor Wut aus. Im Handumdrehen war sein Benehmen vollständig verändert. Er überreichte mir meinen Paß, und sein Gesicht war von einem etwas bemühten Lächeln umkränzt. »Gute Reise«, sagte er. Ich fragte ihn, was das Gebrüll kurz zuvor habe bedeuten sollen. Er wischte es beiseite: ein kurzer Fehltritt. Ich musterte sein Gesicht mit durchdringendem Blick. »Das ist nicht wahr«, entgegnete ich. »Sie haben mich für einen Terroristen oder etwas dergleichen gehalten, nicht wahr?« Er erklärte mir seine Not mit einem leisen Anklang von Gereiztheit: »Jeden Tag vor Dienstantritt müssen wir Fotoakten mit den Bildern bekannter Terroristen, die sich noch auf freiem Fuß befinden, durchsehen, um unser Gedächtnis aufzufrischen.« Jetzt war es an ihm, mich durchdringend anzustarren. »Ich wußte einfach, ich hatte Sie schon mal irgendwo gesehen«, sagte er.

Erst kürzlich, in England, wurde ich um halb zwei in der Frühe im verschlungenen Zentrum einer kleinen Kathedralstadt von einem Polizeiwagen angehalten. Ich saß am Steuer eines Leihwagens und fuhr langsam auf der richtigen Straßenseite. Das Blaulicht blitzte hinter mir auf und durchbohrte die Nacht mit anklagendem Zeigefinger. Ich hielt nicht auf der Stelle an, da ich mir nicht denken konnte, was ich falsch gemacht haben sollte. Dann wurde mir klar, daß sie zu dieser frühen Stunde in einer Wohngegend kaum ihre Sirene benutzen konnten. Ich hielt. Die Polizisten kamen heran und bedeuteten mir mit herrischen Gesten, ich solle mein Fenster herunterdrehen.

Wie das bei meinem Leihwagen zu bewerkstelligen sei, wußte ich nicht sofort, und das muß heutzutage gleich Verdacht erregen. Als es mir endlich gelang, teilte man mir mit, daß meine vordere und hintere Nebelbeleuchtung eingeschaltet sei. Ich starrte auf das Armaturenbrett, das aussah wie das in einer größeren Boeing, und fragte mich, welches Signallämpchen wohl für die Nebelscheinwerfer zuständig sein mochte. Ihr Mißtrauen im Angesicht meines Benehmens nahm zu, bis einer von ihnen mich erkannte und anfing, mich über das Theater und über mein Berufsleben zu befragen. Fast hätte ich ihnen zwei Freikarten angeboten, aber dann überlegte ich mir, daß es wie ein Bestechungsversuch aussehen könnte. Sie zeigten sich von erlesener Höflichkeit und eskortierten mich, als ihnen klar wurde, daß ich mich verfahren hatte, vierundzwanzig Kilometer weit zu meinem Hotel.

Ich habe diese Anekdoten erzählt, um zu illustrieren, wie arbiträr die Natur unserer Beziehung zum Gesetz in diesen hochnervösen Zeiten ist. Im Falle des Staatsanwalts ist jedenfalls der Buchstabe des Gesetzes am Werk, nicht der Geist des Rechts. Die Boulevardpresse hat es sich versagt, mit der Schlagzeile »ERWISCHT!« den »Belgrano«-Zwischenfall nachzuformen. Aber genau darum hat es sich gehandelt: um ein gräßliches Mißgeschick. Eine Angelegenheit der Moral ist nie daraus geworden. Auf solche Weise eingesetzt, ist die Polizei in dem Fall nicht besser als schmuddelige *Agents provocateurs.* Zuzulassen, daß eine vorzügliche Karriere auf derartige Weise ruiniert wird, ist weder tragisch noch gerecht. Dafür ist es leider schlicht zu dumm.

11. Oktober 1991

Der Stoff, aus dem die Nazis sind

Wundern Sie sich nicht, wenn es in der heutigen Kolumne von Leerstellen oder bloßen Andeutungen wimmelt. Ich möchte niemandem Schmerz zufügen, es sei denn, er verdiente es. Ich nenne keine Namen und keine Zahlen. Sie sind den zuständigen Behörden bereits bekanntgemacht worden: das Hotel, in dem ich wohnte, und ein Zeuge dieser Begebenheit von außerhalb. Der Grund für die Leerstellen ist der, daß ich dem Leser die ganze Wucht der Obszönitäten ersparen möchte, die gebrüllt wurden und die ohnedies nicht gedruckt werden können.

Schauplatz war ein modernes Geschäftshotel im Norden Englands. Ich bestellte ein Taxi, um ein Chinarestaurant zu besuchen, das in der Gegend einen erstklassigen Ruf genoß. Nach kurzer Zeit kam das Taxi. Ich zwängte mich hinein und nahm weiter keine Notiz von dem Fahrer; allenfalls nahm ich zur Kenntnis, daß er weißhaarig und ziemlich massig war. Er reagierte nicht, als ich ihm die Adresse meines Ziels nannte. Vermutlich, dachte ich, handelte es sich um einen starken, schweigsamen Charakter. Er warf einen Blick nach rechts, um zu sehen, ob von hinten Verkehr herankam, versäumte es aber, wieder nach vorn zu schauen, bevor er Gas gab. Hätte er es getan – wie ich es, der Macht der Gewohnheit folgend, tat –, so hätte er einen schwarzen Herrn gesehen, der vor unserem Bug die Straße zu Fuß überquerte.

Dieser Herr, der, wie es im Dunkeln den Anschein hatte, in einen Jogginganzug gekleidet war, hatte allen Grund zu der Annahme, daß er von meinem Fahrer bemerkt worden sei. Aber das war nicht der Fall, und der physische Kontakt war hergestellt. Nur der extremen Behendigkeit und den blitzschnellen Reaktionen des Fußgängers war es zu verdanken, daß ein Drama abgewendet werden konnte. Mir graut vor dem Gedanken an das, was hätte passieren können, wenn der Fußgänger alt gewesen wäre.

Natürlich trat der Fahrer heftig auf die Bremse. Beide Männer muß ein unangenehmer Schreck durchfahren haben. Der schwarze Herr faßte sich als erster wieder; er schlug mit der Faust dreimal auf die Motorhaube und gab seiner Wut über die Nachlässigkeit des Fahrers brüllend Ausdruck. Dies berührte einen Nerv im starken, schweigsamen Charakter meines Fahrers, der daraufhin eine Tirade von Schimpfwörtern losließ, die auf die Hautfarbe des Mannes anspielten, und zwar mit einer subtilen Bündigkeit, wie ich sie seit meinem Abschied von der Armee nicht mehr erlebt hatte.

Erlernte Reflexe schalteten sich ein, und das Beinahe-Opfer tänzelte auf die Fahrerseite des Wagens hinüber und versuchte, den Fahrer mit einer Serie von rechten Geraden zu verprügeln. Der Fahrer gab Gas, ohne sich um den Verkehr zu kümmern, und bremste jäh. Mit vor Wut weit aufgerissenen Augen drehte er sich um, und seine Miene zeigte nichts als nackten Haß und Hitzigkeit, als er jetzt versuchte, den schwarzen Herrn mit dem Heck seines Taxis niederzufahren. Ich schrie ihn aus nächster Nähe an. Er gewahrte meinen Blick. Unsere Gesichter waren nur eine

Handbreit voneinander entfernt. Es schien, als komme er wieder zur Vernunft, soweit er welche besaß. Den Rest unserer elenden Fahrt, in deren Verlauf er seiner aufgestauten Wut im schieren Chaos seiner fahrerischen Fähigkeiten Ausdruck verlieh, füllte eine Litanei von vulgären Schmähungen auf Kosten der *Black Community* aus, angereichert mit der Aufforderung an sie, doch in ihre Urwälder zurückzukehren. Er muß mich für einen Ausländer gehalten haben, da ich nicht mit dem warm gurrenden Ton der Region sprach. »Haben Sie auch Ärger mit den Niggern, wo Sie herkommen?« fragte oder, besser, brüllte er, als wir angekommen waren. »Wir haben nicht einmal Ärger mit unseren Weißen«, antwortete ich, aber ich erwartete zuviel, wenn ich dachte, er werde etwas so Fragiles wie eine Nuance verstehen. Er war gegen jeden Standpunkt, der nicht sein eigener war, hermetisch abgeriegelt. Während ich ihn bezahlte, teilte ich ihm mit der ganzen ruhigen Objektivität, die mir zu Gebote stand, mit, er habe die Verantwortung für den Zwischenfall gehabt. Er begriff, was ich da gesagt hatte.

»Ach ja?« brüllte er und wollte anscheinend aussteigen. Ich sagte ihm, er solle sich verdammt noch mal schämen, und fügte hinzu, er fahre sicher sehr viel vorsichtiger, wenn er allein im Taxi sei, als dann, wenn er Fahrgäste zu befördern habe. Ich irrte mich. Er raste mit kreischenden Reifen davon und schaute sich dabei, von blankem Abscheu erfüllt, nach mir um. Zum Glück stand ihm diesmal niemand im Weg.

Natürlich ist uns Intoleranz in dieser oder jener Form allen schon begegnet, sei es in Gestalt des Südstaaten-Sheriffs mit seinem ruhigen Hohn, wie er im Kino so oft in brillanter Weise dargestellt wird, oder in den Fernsehinterviews unglaublich verbohrter südafrikanischer Rechter oder auch bei Begegnungen im Leben, die uns alarmieren und unsere Gutgläubigkeit arg strapazieren. Ich muß gestehen, daß ich den Stoff, aus dem Nazis sind, noch nie aus solcher Nähe erlebt hatte: die Militanz der Einsamkeit; die Suche nach einer gemeinschaftlichen Überzeugung, da der Verstand zu verwirrt und unzulänglich ist, um der eigenen Persönlichkeit Glauben zu schenken; den Trost des gemeinsamen Tritts im Marschrhythmus; das Gefühl dazuzugehören, welches das ansonsten kriecherische Hirn mit dem illusorischen Mut der gemeinsamen Sache erfüllt, sei sie auch amoralisch.

Es liegt Verzweiflung an der Wurzel all dessen – sogar Panik. Und natürlich Feigheit in massiver Dosis, die Unfähigkeit, der Welt ins Auge zu blicken oder den Tatsachen ins Gesicht. Es ist schrecklich und erbärmlich zugleich.

Wie bei einem Schlangenbiß schaut man sich hastig nach einem Gegengift um. Ich sollte nicht lange darauf warten. Wieder wurde ein Taxi gerufen, das mich nach Hause bringen sollte. Noch bevor es kam, erklärte ich, daß ich, sollte es sich bei dem Fahrer durch irgendeinen unglücklichen Zufall um denselben Kerl handeln, es nicht nehmen würde.

Der Fahrer war noch massiger als der erste – ja, er war so massig, daß er sich nicht umdrehen, sondern nur in den Rückspiegel schauen konnte. Infolgedessen sah ich sein Gesicht nie ganz, sondern immer noch die widerspenstigen Massen von grauen Locken, die den wuchtigen Schädel umgaben und hinten wie ein Ornament über seinen Kragen fielen. Viel Hals war da anscheinend nicht. Seine Stimme klang warm und gemessen, voller Selbstvertrauen. Ich erzählte ihm die ganze jämmerliche Geschichte, die ich zuvor erlebt hatte. Er zeigte sich nicht besonders überrascht.

»Ich sag' Ihnen was«, meinte er. »Die Fahrt hier kostet Sie nichts. Ich möchte nicht, daß Sie schlecht von dieser Stadt denken.« Ich winkte, als er davonfuhr. Er streckte den Daumen hoch.

18. Oktober 1991

Die verschlungenen Pfade der Freiheit

Iwan beschreibt sich gern als einen Durchschnittsrussen, was immer das sein mag. Er hat eine Stupsnase und weit auseinanderliegende, kleine Augen, die braun erscheinen, bis man ihn aus der Nähe sieht; dann sind sie blau. Sein Benehmen ist zaghaft, denn er fühlt sich ein bißchen ratlos im Westen, und er will nicht, daß seine Unkenntnis vom Leben in den freien Demokratien in allzu unerhörter Weise sichtbar wird. Tatsächlich wurde er, wie so viele andere, auf Erkundungstour geschickt. Aber seine Reise hat unseligerweise nur dazu beigetragen, ihn weiter zu verwirren. Er vertraute sich mir an.

»Pjotr Jonowitsch«, sagte er. »In Amerika hat man gut für mich gesorgt. Sie hielten es offensichtlich für eine beinahe religiöse Pflicht, mich auf den verschlungenen Pfaden der Freiheit einzuweisen. Es ist ihnen ebenso klar wie mir, daß es keinen Sinn hat, Freiheit zu haben, wenn man nicht weiß, was man damit machen soll, und so gaben sie mir ›Leitlinien‹, wie sie sagten, für die Ausübung der Freiheit.«

»Leitlinien?« fragte ich.

»Ja. Sie erklärten mir, ich hätte Rechte, was eine große Erleichterung für mich war, wie du dir vorstellen kannst. Sie erklärten mir weiterhin, jeder andere habe ebenfalls Rechte, und zwar in einem solchen Ausmaß, daß ein Individuum praktisch keinen Spielraum zum Manövrieren mehr hat.«

»Oh, das mußt du mißverstanden haben.«

»Ich glaube nicht. Während meiner Ausbildung wurde der Fall des Richters Thomas im Fernsehen ausgebreitet, was verhinderte, daß ich mit meinem Jetlag zu Rande kam. Die Sache schien mir zu vielem von dem, was man mir so fromm erklärt hatte, im Widerspruch zu stehen.«

»Zum Beispiel?«

»Wieso ist die Länge seines Organs ein Kriterium in der Beurteilung seiner Fähigkeit zur Weisheit?«

»Nein. Du hast dir da den am wenigsten erbaulichen Aspekt der Untersuchung herausgegriffen.«

»Als ehemaliger Artillerieoffizier kann ich dir sagen, daß die Länge an sich irrelevant ist; es sei denn, man betrachtet sie im Zusammenhang mit dem Durchmesser«, beharrte er.

»All das ist nebensächlich«, beharrte ich meinerseits. »Es ging um die Behauptung einer ehemaligen Mitarbeiterin, er habe sich seines körperlichen Vermögens gerühmt, während er sie sexuell belästigt habe. Das hat absolut keinen Einfluß auf seine Qualitäten als Richter.«

»Aber wurde er denn als Mann oder als Richter bewertet?«

»Als beides.«

»Als beides? Unmöglich. Wenn du darauf bestehst, den Privatmann mit der öffentlichen Gestalt gleichzusetzen, dann forderst du den Ärger geradezu heraus.«

»Wie macht ihr es denn bei euch zu Hause?«

»Das weiß ich nicht. Ich weiß, wie wir es früher gemacht haben. Hinter geschlossenen Türen. Die Auswahl eines Richters war Sache der Partei und des Zentralkomitees, und damit hatte sich's. Wenige Leute kannten auch nur seinen

Namen, von seinen physischen Neigungen ganz zu schweigen. Und was sexuelle Belästigung anging, so gab es nur wenige Frauen, die sich zu belästigen lohnte.« Er seufzte. »Jetzt, da sie alle unter dem Einfluß von Pierre Cardin und Yves Saint Laurent stehen, wird sich das vermutlich alles ändern. Die Männer werden Schönheit finden, wo sie am wenigsten damit rechnen: bei der Arbeit.«

»Wie würdest du ›sexuelle Belästigung‹ ins Russische übersetzen?« fragte ich.

Er lächelte. »Wie du dir denken kannst, gibt es viele Wörter, obgleich keines davon wirklich treffend ist. Man braucht da ein subtiles Wort, das mehr als ›Einladung‹ und weniger als ›Vergewaltigung‹ ausdrückt und das zugleich das Gegenteil von ›Umwerben‹ bedeutet. Noch ist für ein solches Wort in unserer Sprache nicht gesorgt. Man wird es aber erfinden müssen, wenn wir uns weiterhin dem Einfluß des Westens unterwerfen.«

»Das Gegenteil von Umwerben?« fragte ich verblüfft.

»Ja. Wenn ein Heiratsantrag angenommen wird, dann nennt man den Prozeß, der zu diesem Antrag führt, ›Werben‹. Wird der Antrag abgelehnt, nennt man ihn ›Belästigung‹. Aber der Prozeß ist derselbe.«

Ich beschloß, das Thema nicht weiterzuverfolgen. Es schien, als grüble er über irgendeine große Wahrheit nach, die ihm auf der Seele lag. »Mir scheint«, sagte er schließlich, »daß die Amerikaner stets bemüht sind, nichts dem Zufall zu überlassen, während sie gleichzeitig Lippenbekenntnisse zur Freiheit ablegen, die doch gerade ihrer Natur nach ein Vertrauensvotum für den Zufall ist. Zur gleichen Zeit, da sie bei den Ermittlungen gegen Richter Thomas den Höhepunkt der Peinlichkeit erleben, betritt ein Mann einen Supermarkt und tötet dreiundzwanzig Menschen, sich selbst eingeschlossen. Es ist erlaubt, Waffen zur Selbstverteidigung zu benutzen. Was in dem Supermarkt geschah, scheint mir die Selbstverteidigung ein wenig zu weit zu treiben.«

»Ohnedies«, erklärte ich, »war der Abschnitt der Verfassung, in dem der persönliche Waffenbesitz gestattet wurde, für Steinschloßpistolen gedacht, nicht für die Rambo-Restbestände in Armeeverkäufen. Das Leben ändert sich, und die Gesetze strampeln sich im Hintergrund ab, um den Anschluß zu finden.«

»Es ist überall das gleiche«, sagte er. Anscheinend sah er jetzt einen Lichtschimmer. »Ich glaube nicht, daß der Unterschied zwischen unseren Systemen so groß ist, wie alle Welt behauptet. Nur, daß in unserem Land das Ansehen eines Menschen durch Geheimhaltung geschützt war, während es in Amerika der öffentlichen Überprüfung zugänglich ist.«

»Aber das ist der größte Unterschied, den man sich vorstellen kann«, gab ich zu bedenken.

»Es ist der Unterschied zwischen einem Ein-Parteien-System und einem Zwei-Parteien-System, bei dem zwischen den Parteien eigentlich kein Unterschied besteht«, antwortete er. »Bei uns war alles geheim. Bei ihnen ist es Sport. Die amerikanische Politik gleicht dem Super Bowl. Das wirkt sich sogar auf Bereiche aus, in denen die Politik keine Rolle spielen sollte. Beispielsweise bei der Auswahl von Richtern.«

»Und wo steht Großbritannien in all dem?« fragte ich, eifrig darauf aus, nicht den Anschluß zu verlieren.

»Die geheimnisvollste beider Welten«, sagte er mit gedämpfter Stimme. »Als ich herkam, wurden gerade die Fernsehlizenzen vergeben. Kannst du mir die Logik dieser Entscheidungen erklären?«

»Nein«, antwortete ich offen.

»Central Television wußte, daß es auf seinem Gebiet keine Konkurrenz hatte, bot zweitausend Pfund und bekam die Sendelizenz. Andere brachten Millionensummen auf und verloren gegen die, die weniger geboten hatten. Wer entscheidet solche Dinge? Der Markt kann es nicht sein.«

»Eine Kommission«, sagte ich.

Er schrak auf. »Eine Kommission oder ein Komitee?« fragte er.

»Die große Wende geschah auf Veranlassung Margaret Thatchers«, versuchte ich zu erklären. »Sie war empört über eine Sendung von Thames TV über die Erschießung einer Gruppe von IRA-Leuten in Gibraltar. Sie sprach von einem TV-Tribunal.«

»Die Sendelizenz für Thames TV wurde nicht erneuert«, sagte er in scharfem Ton. »Für TV-am auch nicht, aber hier schrieb sie einen *Mea-culpa*-Brief an den Direktor.«

»Woher weißt du das alles?« fragte ich.

»Das gehört alles zu meinem Bericht«, antwortete er. »Es scheint mir eine der vielen Fehlfunktionen der Demokratie zu sein.«

»Ich glaube nicht, daß es viel mit Demokratie zu tun hat«, murmelte ich. »Es sei denn, du glaubst, daß ohne Émile Zola Hauptmann Dreyfus auf der Teufelsinsel gestorben wäre und daß ohne das Fernsehen Senator McCarthy sein verheerendes Treiben zur Vollendung gebracht hätte und die Iren noch immer in englischen Kerkern schmachteten. Ja, natürlich, es hat alles mit Demokratie zu tun! Bravo, Iwan.«

25. Oktober 1991

Von Vorbildern und Parasiten

Wie wir alle wissen, ist die menschliche Natur keineswegs vollkommen. Sie hat viele Seiten und manchen Ehrgeiz – kennt seltene Triumphe und ein gewaltiges Spektrum von Unzulänglichkeiten. Die ersten Bestrebungen zur Läuterung des Geistes kamen mit der Geburt der organisierten Religion und der Mystifikation des einfachen Glaubens zu geheimen Ritualen mit vestalischen Jungfrauen, Orakeln und dergleichen. Mit dem Fortschritt kamen Klöster, Mönche und Nonnen, und jede Gruppe versuchte auf ihre Weise, die Seele durch diverse Arten der Abstinenz reinzuwaschen, das Fleisch zu kasteien oder die *Conditio humana* durch Schweigegelübde sowie noch kältere Tröstungen freiwillig herabzusetzen.

Zuweilen übernimmt der Mensch eine solche Initiative selbst, oder er provoziert Situationen, in denen derartige Strapazen unausweichlich werden. Nach fünf langen Jahren kam Terry Waite aus einer schrecklichen Isolation, die zwar nicht selbst auferlegt, aber doch zumindest heraufbeschworen war. In der Zeit seines Verschwindens wurde sein Name durch das Gedenken an seine Mission und an seine treue Hingabe an die Kirche Englands lebendig erhalten, freilich auch durch das Empfinden, dies sei ein irgendwie außergewöhnlicher Mann. Was sich im Augenblick seiner Freilassung bestätigte. Diejenigen, die ihn vor dem Schock der ersten Berührung mit der Außenwelt beschützen wollten, nachdem er so viel Zeit einsam und angekettet in seiner dunklen Zelle verbracht hatte, schob er beiseite, und er sprach wie ein geübter Kommunikator: knapp, ökonomisch, mit straffer Zurückhaltung. Er war nicht willens, seine Gefängniswärter geradeheraus zu verdammen, und er zeigte die christliche Tugend der Demut als eine Art unbezwingbare Geheimwaffe. Letzten Endes veranlaßte das seine Entführer sogar, sich dafür zu entschuldigen, daß sie ihn mehr als fünf Jahre in stummer Einzelhaft gehalten hatten, und zuzugeben, daß dies keinem vernünftigen Zweck gedient habe.

Es muß viele geben, die seinen standfesten Glauben bewundern, ohne dabei vorzugeben, daß sie ihn teilen – aber nur wenige, die durch seinen Auftritt nicht tief bewegt und im höchsten Grade beeindruckt waren.

Sehr kurz danach lotete ein Pionier ganz anderer Art die Tiefen seiner menschlichen Ressourcen aus, um sich auf einem Feld weit profanerer Unternehmungen selbst zu übertreffen. Gerard D'Aboville ruderte allein über den Pazifik, eine Leistung, die einem, der sich selbst in der Blüte seiner Jahre außerstande sah, über den Teich im Londoner Hydepark zu rudern, unvorstellbar erscheinen muß. Auch hier, wenngleich aus fundamental anderen Gründen, stand ein einzelner Mensch gegen die scheinbare Unendlichkeit der Einsamkeit. Hier war es die Wut der Elemente anstelle der aufgezwungenen Bewegungslosigkeit in einer trostlosen Zelle. Sechsunddreißigmal – vielleicht auch achtunddreißigmal (der ausgemergelte Seefahrer erinnert sich nicht mehr) – kenterte das Boot inmitten der Wellenberge und mußte wieder aufgerichtet werden. Und doch erreichte das winzige

Staubkörnchen am endlosen Horizont nach alldem noch den sicheren Hafen. Der Navigator nahm seine Wollmütze ab und entblößte einen halbwegs kahlen Kopf. Er und seine Familie steckten die Köpfe zusammen wie eine Rugbymannschaft, so daß die Tränen der Erleichterung sich auf ihren Gesichtern mischten.

Niemandem kann es je gelingen, ihre Leistungen während der Dauer ihrer Einsamkeit zu schmähen. Sie waren unbeobachtet und dienen, daraus hervorgegangen, zum Beweis für das, wozu der Mensch imstande ist, wenn er mit einem besonderen Wagemut ausgestattet ist.

Nun haben sie sich freilich der menschlichen Rasse wieder angeschlossen, der alltäglichen Tretmühle des Lebens im Kontakt mit den übrigen ihrer Spezies; und sogleich, noch ehe wir Zeit haben, über ihre Leistungen nachzusinnen, werden sie besudelt von jenen stets gegenwärtigen Elementen der Eifersucht, die eine jede Odyssee begleiten wie ein Schwarm kreischender Möwen. Terry Waite, so erfahren wir, hatte es sich selbst zuzuschreiben, daß er entführt wurde. Er war immer schon ein Mann von unleugbarer Arroganz, hören wir von denen, die ihn schon vor langer Zeit kannten. Er war doktrinär, fügen andere hinzu, aufgeblasen und vorurteilsbehaftet. Und in welcher Beziehung stand er denn zu Oliver North, zu den Iranern, zu Waffen im allgemeinen? Die Terrier des Enthüllungsjournalismus kläffen selbstgerecht, bis all die vielen Versionen der Wahrheit offenbart und voneinander nicht mehr zu unterscheiden sind.

Aber sicher kann doch einer, der nur ein paar tausend Meilen mit dem Ruderboot fährt, nicht den gleichen Verdächtigungen ausgesetzt werden wie ein Mann, der sich tapfer oder in tollkühnem Geiste daranmacht, ein paar Geiseln zu retten? Der eine kann doch nun nicht an verborgenen Fäden hängen, selbst wenn es vorstellbar ist, daß der andere Beziehungen zu Politikern und Geheimdiensten unterhielt? Man glaube das ja nicht. Kaum lag das Ruderboot sicher vertäut am Kai, da gab es auch schon gleich die ersten Andeutungen, die knapp vermiedenen Bootsuntergänge seien aus Publicitygründen und zum Zwecke der persönlichen Herausstellung inszeniert worden.

Wo entspringen solche Gerüchte, wenn nicht in den hinterhältigen Hirnen derer, die ihrem Temperament nach nicht fähig sind, Initiative zu ergreifen, sondern sich nur, Parasiten gleich, an der Initiative anderer nähren können? Außerstande, sich in den Geist derer zu versetzen, die keine Angst vor dem Alleinsein haben, und deshalb der Geheimnisse der persönlichen Sicherheit beraubt, leben sie in Gruppen, stets auf der Suche nach offenen Ohren. Und die sind nicht schwer zu finden, wo doch die Kommunikation zwischen den Enden der Erde immer schneller und effizienter vonstatten geht.

Es kommt nicht darauf an, daß es eine besonders törichte Vorstellung ist, ein Mann könnte sein Boot in eisiger See zwischen dreißig- und vierzigmal absichtlich zum Kentern bringen, um damit Publicity einzuheimsen. Und ebensowenig kommt es darauf an, daß Terry Waites Erklärung anläßlich seiner Freilassung kaum so klang wie die Worte eines Mannes, der besonders viel zu verbergen hat.

Es wird immer den Schmutz geben, der zäh an ihren glänzenden Erfolgen klebt. Warum? Weil wir, die wir diese mißtrauischen oder verleumderischen Reden hören, ebenfalls Angehörige der menschlichen Rasse sind, stets offen für die allermeisten Andeutungen, entzückt über unerwartetes Getuschel und insgeheim erpicht darauf, daß offenkundige Wahrheiten sich als falsch erweisen mögen. Für einige von uns gibt es gar nichts Interessanteres im Leben. Und dies, obwohl es genügend Hanswürste gibt, um alle unsere Neigungen zur Bosheit zufriedenzustellen, ohne daß wir Bilder beflecken müßten, die heller strahlen, als uns lieb ist.

Man nehme zum Beispiel die unerhörten Geschehnisse in Jugoslawien – jetzt, da die Friedensinitiativen auf dem besten Wege sind, ebenso zahlreich zu werden wie die Katastrophen, die Monsieur D'Abovilles Boot zustießen. Lord Carringtons Antlitz, gefroren zu einer desillusionierten Maske, und die schrullige Miene eines Cyrus Vance können wenig zu unserer Beruhigung beitragen, während die steife Haltung des Herrn Tudjman und Herrn Milosevics schlaues Lächeln uns in ihrem krassen Kontrast zu dem realen Leiden realer Menschen als die beredteste und verantwortungsloseste Form des Enthüllungsjournalismus erscheint.

29. November 1991

Ein Hoffnungsschimmer hinter grauen Wolken

1992 beginnt, und wir erholen uns von einem durch Schlaflosigkeit und Jetlag geprägten Jahr in der prestigereichsten Hotelsuite der Welt, der sogenannten Joseph-Conrad-Suite des Oriental Hotel in Bangkok. Es ist eine Oase in einer Oase: ein über die Maßen behaglicher Zufluchtsort mit Himmelbetten, hohen Zimmern und einem Ausblick über üppige Gärten und den geschäftigen Phao Chya River mit seinen charakteristischen thailändischen Langbooten, ausgerüstet mit den lärmendsten aller Außenbordmotoren, angetrieben von Propellern an den längsten aller Stangen.

Aber es ist nicht der schiere Luxus der Joseph-Conrad-Suite, der soviel Ehrfurcht erregt, sondern die diskrete Patina von Geschichte, die ihr dieses undefinierbare Gütesiegel verleiht. Der große Mann wohnte hier, als es noch Zimmer Nr. 1 im ursprünglichen Hotel war. Inzwischen hat das Hotel am Größe zugenommen, die turmhohen Anbauten lassen das alte Gebäude winzig erscheinen, und Nr. 1 ist jetzt Nr. 101 – ein Zeichen, denkt man sich, für den Fortschritt.

Conrad selbst war Pole und gehörte somit einer Nation an, die nicht berühmt ist für ihre Seefahrer, aber er wurde der führende literarische Seefahrer eines Landes mit einer langen Tradition von Navigation. Und erst im Alter von sechzehn Jahren begann er sich an die englische Sprache heranzuarbeiten.

Diese historische Aura ist genau das, was es mir ermöglicht, mich für eine kurze Zeit der Meditation behaglich in einen Kokon zurückzuziehen: eine Zeit, die Augenblick für Augenblick genossen sein will, wie ein vorzüglicher Wein. Alle guten Dinge müssen zu Ende gehen, heißt es – aber das ist nicht die richtige Philosophie, es sei denn, man begreift es als ein Wunder, daß die guten Dinge überhaupt angefangen haben. Der Weg, der zu dieser Oase führte, war ein Beispiel dafür.

Die Straße zwischen dem Flughafen von Bangkok und dem Hotel ist eine der traurigsten, die ich je gesehen habe. Nicht, weil sie Zeugnis von menschlichem Leid ablegt, wie es solche Straßen in anderen asiatischen oder afrikanischen Ländern tun, sondern weil sie den Stempel dessen trägt, was man als Wohlstand bezeichnet: Tausende von ultramodernen Hochhäusern, willkürlich in eine konturlose, moderne Landschaft gesetzt, halb unsichtbar in all der Luftverschmutzung. Die Betrachtung dieser Bauten ist so gewinnbringend wie die der verstreuten Krümel auf einer schmutzigen Tischdecke.

Sie erinnerten mich an andere Hochhäuser in noch unverhoffteren Gegenden – den kleinen Hauptstädten winziger afrikanischer Länder, von den westlichen Mächten aufgegeben, als der Kolonialismus nicht mehr in Mode war. Jetzt stehen sie wie Fremdkörper am Rande dessen, was noch vor kurzem aufgeblasene Dörfer waren: ein Merkmal für die Rückkehr der Ersten Welt in erneuerter Form, nachdem sie vor einem Vierteljahrhundert ausführlich Abschied genommen und ihre Flaggen eingeholt hat. Diejenigen, die süchtig nach Wohlstand sind, glauben aufrichtig, daß die Auswirkungen ihres eigenen Wohlstandes unmittelbar wohltätig für jene sind, die weniger wohlhabend als sie selber sind. Das ist die ganze Grundlage konservativer Philosophie, und soweit das geht, mag es ja stimmen – unter den idealen Umständen eines beständigen Wachstums (ein ebenso unfaßliches Ideal wie das des Perpetuum mobile).

Aber was geschieht in Zeiten der Rezession, in Zeiten, da die Experten in den Gewitterwolken unablässig Zeichen der Erholung lesen? Selbst diejenigen, die in ihren Bewertungen überaus vorsichtig sind, glauben Silberstreifen aufscheinen zu sehen, wo Dunkelheit sie umhüllt. Ich, ein Greenhorn in finanziellen Dingen, dazu von oft gefährlich optimistischer Natur, gestehe, daß ich rings um mich herum nichts weiter sehe als einen undurchdringlichen, jammervollen Nebel – ohne daß die Wolken auch nur den Hauch eines *Zinn*streifens aufwiesen oder ein flackerndes Streichholz die Landschaft erhellte.

Und warum sollte es auch so sein? Allenthalben sind die multinationalen Konzerne damit beschäftigt, ihre Betriebe stromlinienförmig zu verschlanken, indem sie Tausende von Angestellten entlassen; Geld für Investitionen ist knapp, und jene scheuen und romantischen Menschen, die Banker, sind um Trillionen von Dollars gebracht worden, und zwar durch eine Serie von internationalen Betrügereien, die einen Verlust des Vertrauens in das Vertrauen selbst bewirkt haben.

Unterdessen entscheidet sich der Osten für die Freiheit, und zwar zu enormen Kosten. Noch selten dürfte eine gute Nachricht sich als derart unvertretbar kostspielig erwiesen haben.

Der Westen hat die Pflicht – die Pflicht der Selbsterhaltung –, die Stabilität seiner künftigen Partner im Osten so schnell und so lautlos wie möglich zu sichern. Inzwischen starrt der Süden mit verständlichem Vorwurf im Blick zu uns herauf. Wird nun alle Hilfe, die er so dringend braucht, in den Osten abfließen? Wann wird er für seine Rohstoffe Preise bekommen, die nicht mehr in lächerlichem Mißverhältnis zu den Kosten für die Fertiggüter stehen, die die Länder des Südens importieren müssen? Einstweilen vergilt der Süden die aufgezwungene Armut, unter der er leidet, auf die einzige ihm mögliche Weise: Er sendet einen endlosen Strom von Immigranten in den wohlhabenden, übervölkerten Westen. Daran wiederum entzünden sich Konflikte zwischen dem hohen Ideal der offenen Grenzen für Flüchtlinge einerseits und der eifersüchtigen Verteidigung unserer Arbeitsplätze in unserer Heimat.

Gibt es rettende Aspekte an diesen Bildern der Düsternis? Gewiß. Die Situation ist zumindest im Fluß. Jeden Augenblick kann alles mögliche passieren, und wir müssen jederzeit auf alle Eventualitäten gefaßt sein. Das ist natürlich beunruhigend für die Dick Cheneys dieser Welt, die stets glücklicher sind, wenn sie wissen, wo sie stehen. Reihen von Langstreckenraketen und Atombomben, die vierundzwanzig Stunden täglich in der Luft sind (wie ein Roomservice der besseren Sorte), gewährleisten ironischerweise einen gesunden Nachtschlaf – während einem das gegenwärtige Chaos Magengeschwüre bereitet.

Und Boris Jelzin behandelt Probleme, von denen Rußland seit den Tagen Dschingis-Khans heimgesucht wird, als wären es lediglich Dinge, die mit diktatorischer Verfügung erledigt werden könnten, und stürzt damit alle professionellen Administratoren in tiefe Sorge. Aber es bleibt eine Tatsache – und vielleicht hat Jelzin das entdeckt –, daß die einzige Möglichkeit, mit gigantischen Problemen fertig zu werden, in der Tat darin besteht, sich von ihrer Größe nicht beeindrucken zu lassen und sie zu behandeln, als wären sie ganz unbedeutend.

Die Situation ist im Fluß, bei allen damit verbundenen Gefahren und ausgleichenden Hoffnungen. Zum erstenmal in der Geschichtsschreibung haben sich ungeheure Veränderungen praktisch ohne Blutvergießen ereignet.

Rationales Denken gewinnt auf Kosten der emotionalen Effekthascherei an Boden, und auch wenn die Religion noch immer eine trennende Macht zwischen den Staaten ist, wird doch das Bedürfnis nach einem spirituellen wie nach einem materiellen Leben von Tag zu Tag offenkundiger.

Ist also noch Raum für Hoffnung in der aufziehenden Nacht? Weder an Hoffnung noch an Zuversicht herrscht Mangel. Das war nur früher so.

3. Januar 1992

Des Kalten Kriegs behagliche Wärme

Es ist genau ein Jahr her, daß der Golfkrieg ausbrach. Viele finden, er sei mit lobenswerter Schnelligkeit zu Ende gegangen, wodurch Menschenleben gerettet worden seien. Andere mögen wohl denken, daß er noch gar nicht beendet sei. Ganz im Gegenteil. Natürlich sind infolge des Sieges auf dem Schlachtfeld Veränderungen zustande gekommen, manche davon höchst bedeutend, aber anderes ist unvollendet und ungeklärt geblieben.

Wenn man es sich überlegt, hatte der Kalte Krieg ein positives Element, nämlich den einfachen Umstand, daß die beiden Supermächte genug damit zu tun hatten, einander gegenseitig Kopfzerbrechen zu bereiten. Trotz ihrer Spezialisierung auf erschreckende Geräusche und beunruhigende Initiativen – etwa die Invasion von Territorien in ihrer unmittelbaren Nachbarschaft, die der gespenstischen Beschreibung als »Einflußzonen« entsprachen – ließen sie uns übrige im großen und ganzen in Ruhe, so gründlich waren sie voneinander hypnotisiert.

Jetzt hat sich die eine Seite aus dem Kalten Krieg verabschiedet, und naturgemäß ist ihr die andere gefolgt. Was hätte man sonst tun können? Das Resultat: Es ist nur noch eine Supermacht übrig, vielleicht zum erstenmal in der internationalen Politik. Das mag als ein einzigartiger Vorteil erscheinen, aber es bringt doch auch Zwänge ganz eigener Art mit sich.

Den Römern saßen stets die Karthager und die Barbaren im Nacken, und sie konnten die *Terra incognita* ins Auge fassen. Später, als Spanien und Portugal ganz Südamerika mit einer Technik kolonisierten, die man als »Zuckerbrot und Kreuz« bezeichnen könnte, waren die Briten und die Franzosen damit beschäftigt, sich das nördliche Drittel des Kontinents anzueignen. Als das Empire seine schwindelerregenden Gipfelhöhen erreicht hatte, mußten die Briten sich ständig der Franzosen erwehren, und auf dem europäischen Kontinent mußten sich beide mit den ehrgeizigen Bestrebungen eines geeinten Deutschland befassen.

Immer gab es – traditionell – die andere Seite. Und infolgedessen gab es immer ein Gleichgewicht der Mächte, konstituiert durch die unbeteiligten Beobachter der Szene. Heute gibt es keine Mächte mehr auszubalancieren, und der Langstreckenläufer in diesem Rennen muß nur noch mit seiner Einsamkeit fertig werden. Dieser Faktor trägt vielleicht dazu bei, daß die Vereinigten Staaten so eifrig für die Vereinten Nationen eintreten, nicht nur als Katalysator für jene Kräfte in der Welt, die sich Saddam Husseins einseitigen Unternehmungen entgegenstellten, sondern auch als Rahmen, in dem Kostenteilung offen diskutiert und vertraulich ausgehandelt werden konnte.

Das Dasein als einsamer Führer bringt eine Fülle von neuen Unannehmlichkeiten mit sich, zumal in einer Zeit, da die Kosten der hochentwickelten Kriegsführung jedes Verhältnis zur Inflationsrate hinter sich gelassen haben und jedes militärische Abenteuer mit äußerstem Nachdruck finanziert werden muß, erst recht, wenn der Konflikt, wie es häufig der Fall ist, länger dauert als erwartet.

Während die eigentlichen Kämpfe des Golfkriegs beendet sind und kein anderer großer Krieg die Schlagzeilen in Anspruch nimmt, ist die Welt voller Waffen, die meisten davon überholt, von denen sich die Benachteiligten in Versuchung führen lassen können.

So liest man mit Erstaunen, daß Thailand chinesische Waffen in rauhen Mengen zu günstigen Preisen kauft, darunter über hundert Panzer, Pontonleger, Landungsboote und dreihundert Schützenpanzer. Die thailändischen Behörden hatten erwartet, daß diese Waffen mit Geschützen aus westlicher Produktion geliefert werden würden; statt dessen waren die Kanonen aber sowjetische Fabrikate, so daß sie nun eine andere Munition benötigen als die amerikanischen Panzer, die die thailändischen Streitkräfte bereits besitzen.

In unserem zunehmend technologischen Zeitalter nimmt es wunder, daß solche Fehler immer noch möglich sind oder, eher noch, daß man solche Details dem Zufall überlassen hat. Es erinnert an das Theater in Philadelphia, bei dem man schlichtweg vergessen hat, Garderoben einzurichten, oder an das eine oder andere Einfamilienhaus, bei dem der Architekt völlig übersehen hat, wie nützlich Toiletten sein können.

Natürlich ist der Überfluß von Rüstungsgütern, auch der schlummernden, mit dazu passender Munition oder selbst ohne, ein Quell der Sorge für diejenigen, die sich über Nacht den Mantel einsamer Führerschaft übergeworfen haben. Sie herrschen über einen gewaltigen militärisch-industriellen Komplex – um eine der wenigen von glänzender Treffsicherheit geprägten Formulierungen General Eisenhowers auszuborgen –, der unversehens keine präzise Funktion mehr besitzt, dafür aber eine Zukunft, in der wenig gewiß ist außer einer massenhaften Arbeitslosigkeit. Dieses Chaos in der militärischen Landschaft wird noch komplizierter durch die Do-it-yourself-Versuche diverser Akteure, rudimentäre Kernwaffen herzustellen oder die scheußlichsten Güter der biologischen Kriegsführung bis vor jedermanns Haustür zu liefern.

Nun, da im Golfkrieg eine längere Pause eingetreten ist, bemühen sich Teams der Vereinten Nationen, präzise festzustellen, wie weit fortgeschritten der Irak beim Erwerb derart schmutziger Statussymbole gewesen ist – einstweilen mit ungewissem Erfolg. Es ist klar: Wenn wir diesen neuzeitlichen Kreuzzug nicht unternommen hätten, wäre das Arsenal der Geheimwaffen immer noch intakt, aber hätten wir den Krieg beendet, wie er hätte beendet werden sollen, dann wäre es womöglich leichter gewesen, die frühere Bedrohung durch den Irak einzuschätzen, da man ungehindert in den Trümmern nach Beweisen hätte stochern können.

Eines steht fest: Sanktionen hätten auch ohne Krieg ihre Wirkung gehabt, nach dem furchtbaren Zustand der Kinder und Alten im Irak zu urteilen. Aber andererseits hätten sie wahrscheinlich ohnedies am meisten gelitten, nach den Prioritäten zu urteilen, die man dort setzt. Die Sanktionen heute noch fortzusetzen bedeutet, daß man den unvollendeten Krieg in die Reihen künftiger Generationen hineinführt, die unfähig sind, sich zu verteidigen. Sanktionen heute aufrechtzuerhalten zeugt von niederträchtigem Geist und ist kaum ein Ruhmesblatt für die Sieger. Nicht Sanktionen werden die Köpfe der Menschen dort aus der geschmeidigen, wirkungsvollen Umklammerung durch Saddam Hussein befreien. Die Achillesferse unserer Entschlossenheit findet sich anderswo.

Der einsame Langstreckenläufer führt das übrige Feld

mit einem solchen Abstand, daß er sich in seinem empfindsamen Herzen hütet, seine Vorteile zu sehr zu betonen, auf daß er den Kontakt mit den anderen Läufern nicht ganz und gar verliere. Ein Krieg sieht in der Rückschau nie so gut aus, wenn nämlich die Historiker Fehlurteile und vorherrschende Zweifel zu entdecken beginnen. Und die Verfolgung eines Kriegs ist noch kostspieliger als seine Verhinderung.

Der Kalte Krieg! Das waren geruhsame Zeiten. Zumindest wußte man, wo man stand. Aus dem Augenwinkel sah man stets noch einen anderen Läufer.

24. Januar 1992

Bush in Nöten

Von Bangkok aus gewahren wir den erstaunlichen Anblick eines George Bush, wie er in einer Auslandsmission, die allen Verkündigungen nach ausschließlich zum internen Gebrauch bestimmt ist, über das Gelände stürmt. Obschon er sich zugegebenermaßen im Ausland befindet, scheint er zu sagen, hat er das Oval Office in Wirklichkeit nie verlassen, denn seine Mission besteht darin, unter anderem die Arbeiter auf den Reisfeldern davon zu überzeugen, daß ein Cadillac eine solide Investition für Statussuchende ist, während es für den rauhen Individualisten noch stets den Lincoln gibt und für den wilden Einzelgänger den Chrysler. Diese Verkaufsleier, so erzählte er jedem einschließlich derer, die bis zu den Hüften im Reis stehen, wird Jobs in Amerika schaffen und ist daher gut für das Gleichgewicht des Planeten.

Die zwingendsten Argumente Bushs sind natürlich den Japanern vorbehalten, aber da er einmal in der Region ist, wäre es unpolitisch und nachgerade unhöflich, die Reisbauern aus seinen Kalkulationen auszuschließen. Seien wir ehrlich: Nach dem katastrophalen Zusammenbruch des Konkurrenten im Rüstungswettlauf und angesichts der plötzlichen Erkenntnis, daß die lange Epoche der militärischen Konfrontation unbetrauert in die Geschichte eingegangen ist, hat Amerika sich große Mühe gegeben, einen raschen Ersatz auf dem moderneren Schlachtfeld der Wirtschaft zu finden. Und solange eine Nation noch nicht an das Leben ohne Feind oder zumindest ohne Konkurrenten gewöhnt ist, fällt die Wahl natürlich zunächst auf Japan.

Historisch gesehen und geziert mit so goldenen Institutionen wie der Harvard Business School, glaubt Amerika nicht ganz unberechtigt, es habe anderen, was das Begreifen von Visionen und globalen Abstraktionen angeht, einiges beizubringen. Wie Calvin Coolidge sagte: »Amerikas Geschäft ist das Geschäft«, und eine besitzergreifende Note klingt in diesem Ausspruch an, eine Andeutung von Exklusivität, ja, von Eigentümerschaft. Tatsächlich ist Amerika auf dem Weg der *sophistication* so weit fortgeschritten, daß es sich als die erste Nation betrachtet, die in der Lage ist, die Risiken totaler Freiheit auf sich zu nehmen und sie zu ihrem Vorteil zu wenden. Jedenfalls bleiben seine Ideale hartnäckig und jungfräulich intakt, sosehr das Bild zuweilen auch durch die Realität vernebelt wird. Durch die Realität? Nun, zunächst einmal gibt es die totale Freiheit in der Welt der Lebenden nicht – und zweitens: Wenn Amerikas Geschäft wirklich das Geschäft ist, dann läßt dies naturgemäß ein notwendiges Maß an Pragmatismus vermuten, ein Wiegen des Rohres im Wind, ein zugedrücktes Auge: Politik.

Und dort kann Amerika sich stets mit absoluter Gewißheit brüsten, freier zu sein als die meisten, zumal seit wir in Zeiten leben, in denen es modisch ist, frei zu erscheinen. Japan ist heute eine konstitutionelle Demokratie, hat die Buße der bitteren Niederlage und Demütigung bezahlt und ist zu einem Land von unermeßlichem Reichtum und Geschäftssinn geworden. Die gleichen tragischen Ereignisse haben Deutschland den gleichen Dienst geleistet, und beide

Länder waren so umsichtig, die Dauerhaftigkeit dieses Zustands sicherzustellen, indem sie in ihre neuen Verfassungen schrieben, daß ihre Truppen niemals außerhalb des eigenen Territoriums eingesetzt werden dürften. Diese Tatsache wurde von ihren Bezwingern als Beweis für Fortentwicklung und Sinneswandel begrüßt. Das heißt bis vor kurzem wenigstens – bis den verausgabten Siegern klar wurde, was für gewitzte Schachzüge dies gewesen waren. Kein Land, und schon gar nicht die Vereinigten Staaten, wird sich zu dem Versuch verlocken lassen, etwas so Sakrosanktes wie eine Verfassung zu beeinflussen. Sie können lediglich mit der Sammeldose rasseln, wie sie es beim Ausbruch des Golfkriegs getan haben, und den Vorschlag unterbreiten, die Reichsten mögen doch einen Beitrag zu einem Krieg der Vereinten Nationen leisten – ein Wink, der im Interesse künftiger Harmonie auf das freundlichste aufgenommen wurde.

Italien erntete betrüblicherweise nicht die gleichen Vorteile wie seine früheren Partner, weil es in jenem Konflikt ein kleines bißchen zu früh auf die Seite der Alliierten überwechselte. Die Moral der Geschichte liegt, glaube ich, auf der Hand.

Die große und rechtsgültige Veränderung, die unbestreitbar stattfand, besteht darin, daß unsere Gegner im letzten Krieg, zwei Diktaturen und ein Reich des Himmels, zu Demokratien wurden. Im Fall Deutschlands wurde diese Veränderung mit der typischen Gründlichkeit durchgeführt, so daß Deutschland heute über eines der gerechtesten, wenn auch kompliziertesten Wahlsysteme verfügt, die derzeit benutzt werden. Italien, von leichtfertigerem Temperament, hält sich mit einer Serie von fingerfertigen Kombinationen über Wasser, indem es sich zahlreiche Regierungen schafft, allesamt so haltbar wie eine Zabaglione.

Japan indessen ist es, das den ernsten und analytischen amerikanischen Köpfen die eigentlichen Sorgen bereitet, denn es muß ja den lauernden Verdacht geben, daß trotz des schrecklichen Gesichtsverlustes, verursacht durch die Kapitulation und die entschlossene Herrschaft MacArthurs, und trotz der enormen oberflächlichen Veränderungen im Gehorsam gegenüber den gewandelten Werten einer modernen Welt, sind die uralten Gesellschaftsstrukturen und Verhaltensnormen immer noch intakt, geheimnisvoll und undurchdringlich wie eh und je. Der aufrechte und letzten Endes naive amerikanische Ansatz hat keine Chance gegen so vieles, worüber man sich da einig ist, ohne daß es jemals ausgesprochen würde. Einer Geisha mitten in einer Teezeremonie zu sagen, sie solle das Ganze ruhig ein bißchen lockerer sehen, ist eine Art von Fürsorglichkeit, die weder erwünscht noch geschätzt wird.

Der arme Mr. Bush. Er ist anscheinend überzeugt, daß seine Offenheit und sein Unterhaltungswert in dem Meer des Lächelns, das ihn umgibt, irgendwann verstanden werden wird. Vielleicht wird er auch ein paar Zugeständnisse herausschinden können, solange diejenigen, die sie geben, sie als kosmetisch und nicht als fundamental betrachten.

»Schließlich«, scheinen die Japaner andeuten zu wollen, »habt ihr uns ja nach Pearl Harbor gezeigt, daß Heimtücke bestraft wird. Sollten denn dementsprechend die Tugenden harter Arbeit nicht auch belohnt werden? Wer seid ihr denn, daß ihr unser Konkurrent und gleichzeitig der Schiedsrichter sein wollt? Ist es unsere Pflicht, euren Lebensstandard aufrechtzuerhalten? Wird Qualität und Zuverlässigkeit von Produkten mit Strafpunkten bedroht? Und wenn ja, warum?«

Fairerweise muß man sagen, daß es höchst erfolgreiche Fälle von Zusammenarbeit zwischen japanischen und amerikanischen Produzenten gegeben hat. Mitsubishi und Chrysler hatten eine Übereinkunft und konnten einen erfolgreichen Kleinwagen namens »Colt« – Fohlen – auf den Markt bringen. Darauf erpicht, als nächstes einen Sportwagen herauszubringen, entschieden sich die Mitsubishi-Manager für einen weiteren Pferdenamen. Das Ergebnis war der Mitsubishi Starion, der jetzt auf dem Markt ist. Der Name wurde von den Japanern telefonisch an Chrysler durchgegeben, und gemeint hatten sie »Stallion« – Hengst. Für die Sekretärin in Detroit hat sich das anders angehört.

Man fragt sich, ob japanische Journalisten vor der »General Election«, den Parlamentswahlen, möglicherweise John Major bedrängt haben, ihnen den Termin zu nennen – den Termin für die »General Erection«?

10. Januar 1992

Betrachtungen im Paradies

Gute Nachrichten im Paradies, das klingt wirklich allzu üppig. Das Paradies ist dies jedenfalls, und zwar in Gestalt eines kleinen, entlegenen Strandes in Südthailand mit Sand von makelloser Reinheit und einem entsprechend ideal temperierten Wasser, durch das man jeden einzelnen Zehnagel erkennen kann. Das Ganze ist umrahmt von Blumen in solcher Opulenz, daß man sie rasch als selbstverständlich hinnimmt und nur bemerken würde, wenn sie nicht da wären.

Natürlich gibt es auch Unzulänglichkeiten, die aber nur unterstreichen, wie nah dies alles an der Vollkommenheit ist; es könnte sein, daß die französischen Käse jener heiteren Gelassenheit entbehren, die sie zu Hause genießen, und daß die Frühstücksbrötchen aus minderwertigen einheimischen Mehlsorten gebacken werden – ein Beispiel für die Auswirkungen des Protektionismus auf die Geschmacksknospen. Aber das sind winzige Opfer, die die Gier bringen muß, damit Leib und Seele sich unter idealen Bedingungen entspannen können, und man muß sie mit Tapferkeit ertragen.

In diese scheinbar ganz sichere Einsiedelei, eine Art von Isolierstation für den Geist, sickert nun die gute Nachricht auf der einen und die schlechte auf der anderen Ebene ein. Der *European* ist von zwei Brüdern gerettet worden, die jede

Publicity scheuen, weil sie ihr Privatleben nicht nur haben, sondern es auch genießen. Fern sei es von mir, diese impliziten Anweisungen nicht zu befolgen, indem ich auf kunstlose Weise Aufmerksamkeit auf sie lenke oder auch nur ihre Namen noch einmal erwähne.

Allenfalls fühle ich mich bemüßigt, ein diskretes Wort der Dankbarkeit zu murmeln, wie in einer Litanei, und noch einmal meine Bewunderung für die Rumpfmannschaft dieser Zeitung zu äußern, die unter strapaziösen Klimabedingungen gegen grausame Widrigkeiten haben kämpfen müssen, während ich in lauwarmer See auf dem Rücken dahintrieb und den Himmel nach Zeichen absuchte. Das einzige, was wir gemeinsam hatten, war unser Glaube. Diese Begebenheit war ein inspirierendes Beispiel für aufgeklärten Kapitalismus, ganz so, wie das vorige Leben dieser Zeitung ein Beispiel für den Kapitalismus in seiner gefährlichsten, in seiner kapriziösesten Form gewesen ist.

Wir hören selbst in dieser entlegenen Gegend unseres vorzüglichen Planeten, daß die fraglichen Brüder durchaus beeindruckt von der Hingabe an ein Ideal waren, die der Chefredakteur und seine Mitarbeiter demonstriert haben, und daß sie zu den Lesern der Zeitung zählten, die ihnen jetzt gehört. Mit anderen Worten: Überzeugung spielt bei diesem Kauf eine Rolle, nicht bloß der Wunsch nach einem Erwerb. Und andere Begebenheiten stehen niemals an, die Bedeutung der Überzeugung bei den Angelegenheiten der Menschen hervorzuheben. Ich habe erwähnt, daß auch schlechte Nachrichten unter der Tür hindurchkriechen oder eher noch aus den diskreten Fernsehschirmen dieses Inselparadieses rinnen. Wohlgemerkt, die Nachricht, von der ich spreche, ist nicht wirklich schlecht in dem Sinne, daß das unnötige Sterben in Jugoslawien und andere Beispiele für die Unmenschlichkeit des Menschen gegen den Menschen schlecht, wenn auch alltäglich sind. Die Nachricht, auf die ich hier aufmerksam machen möchte, ist eine melancholische, und wieder geht es um Überzeugung oder einen Mangel daran. Der überstürzte Schnelldurchlauf, bei dem Mr. Bush auf seiner Suche nach Vorwahl-Jobs für mittellose Bürger seines großen Landes durch Ostasien gehetzt ist, wurde im gesamten Fernen Osten mit größter Verlegenheit aufgenommen. Die ausgezeichnete *Bangkok Post* läßt sich in ihrem täglichen Cartoon zu schroffen Verhöhnungen hinreißen. Man sieht ein Auto, das mit eifrigen amerikanischen Managern vollgestopft ist; am Steuer sitzt Bush, und die amerikanische Flagge hängt schlaff an der Antenne. Auf der Karosserie steht in Graffitischrift »Japan oder Schrottplatz« und »Kauft amerikanisch von Amerikanern«. Das Auto hat alle Räder verloren; drei liegen flach inmitten von Schrauben und Nieten, die das Auto schon verloren hat, während in einiger Entfernung das vierte Rad allein davonrollt und sich zwei höfliche japanische Regierungsvertreter davor verbeugen. Dieser Cartoon sagt alles, und zwar mit einer Unfreundlichkeit, die in diesem Klima so ungewöhnlich ist, wie sie zu Hause alltäglich ist.

Miyazawa, der japanische Premierminister, hat mit seinem unerschütterlichen Takt zu bedenken gegeben, daß wir alle lernen müßten, den Standpunkt des anderen zu verstehen; er hat dabei angedeutet, er tue, was er könne, aber seine Gäste hätten noch keinen erkennbaren Versuch in dieser Richtung unternommen. Zugegeben, auf der oberflächlichen Ebene der Public Relations hat Mr. Bush sich selbst übertroffen; er hat mit dem Kaiser Tennis gespielt und verloren, und bei einem Staatsdiner ist er zusammengeklappt.

Wenngleich Barbara Bush sich davon zu einer wunderbar geistesgegenwärtigen und menschlichen Reaktion hat inspirieren lassen, war dies doch kein Gegengewicht für die zänkischen Interviews der Detroiter Spitzenmanager, die der Präsident – fehlgeleitet – eingeladen hatte, in seinem Troß zu reisen. Manche werden deren Beitrag als aufrecht bezeichnen, andere aber als tölpelhaft.

Die Antwort auf ihre quengelnden Forderungen nach einem offenen Markt liegt in dem Cartoon. Die auf der Straße verstreuten Bauteile des Autos deuten ohne überflüssige Feinsinnigkeit an, daß die Qualitätskontrolle nicht die beste ist und die Detroiter Konzepte, ein paar raffinierten Imitationen japanischen und europäischen Stylings zum Trotz, im Grunde immer noch archaisch sind und lautlose, ja majestätische Boulevardkarossen für den lokalen Einsatz hervorbringen, im Interesse der Wirtschaftlichkeit oftmals untermotorisiert.

Es braucht schon mehr als das Protestgeschrei Detroiter Manager – in immer schrilleren Tönen –, daß sie zu Konkurrenten geworden seien, um die Weltmeinung zu überzeugen. Mag sein, vielleicht verfügt Asien über geheimnisvolle Mittel, seine Märkte gegen ausländische Eindringlinge zu verschließen, aber wie erklärt man sich dann den kolossalen Erfolg japanischer Autos in den Vereinigten Staaten?

Im Grunde liegt es an der Tatsache, daß die japanischen Hersteller die Wünsche der amerikanischen Verbraucher erfüllt haben, wozu die einheimischen Produkte nicht imstande waren. Jede respektable amerikanische Autozeitschrift verbreitet ihre Warnung vor dieser Entwicklung, seit Japan angefangen hat, Autos zu exportieren. Lexus und Infiniti wurden als Bedrohung für Mercedes, BMW und Jaguar auf dem Felde der Luxusautos bejubelt.

Es gibt noch eine andere Art, die Freiheit zu betrachten. Auf einem freien Markt wie in den USA wie auch auf dem angeblich geeinten Markt in Japan ist es gleichermaßen schwierig, den Verbraucher zum Kauf von Dingen zu zwingen, die er nicht haben will. BMW ist der erfolgreichste Auslandsimport in Japan, aber der BMW ist auch ein Auto, das aus Überzeugung und nicht aufgrund eines Konsenses gebaut wird.

Schließlich noch zwei Meinungsäußerungen zu dem Besuch, nach Angaben von AP beide aus Japan. Die eine pessimistisch: »Es war praktisch sinnlos und für ihn nur ein Verlust.« Die andere dann optimistisch: »Japan fand, es müsse Bush helfen. Schließlich war er ja zusammengebrochen.«

17. Januar 1992

Wenn das Geheimnis fehlt

Wie anders muß die Welt ausgesehen haben, als die Worte *Terra incognita* noch von lockender Bedrohlichkeit waren, als die unbekannte Welt potentielle Kaufleute wie Christoph Kolumbus unablässig betörte und hartgesottene Seefahrer wie Juan de la Cosa nervös machte!

Typischerweise wollte der Admiral Kolumbus immer noch ein Stückchen weiter auf die feine Linie des Horizonts zusegeln, während de la Cosa, der Kapitän, stets liebevoll dorthin zurückschaute, wo noch kürzlich Land gewesen war, sein eigenes. Diese Fiktion ist ein getreues Spiegelbild der Neigungen unserer Gesellschaft; die Amateure, Politiker und Industriekapitäne, trachten stets nach dem Unmöglichen, stets im Zaum gehalten von den Profis, den Beamten und Militärs, die ihnen mit Entschiedenheit erklären, daß es nicht zu machen sei. In diesem Konflikt strahlt das Charisma des Amateurs manchmal derart hell, daß alle von den Profis ins Feld geführte Klarsicht und Logik nicht ausreichen, um seine wilde Tatkraft zu brechen. Zum Glück konnte auch niemand Christoph Kolumbus in seinem verrückten Wunsch beirren, den Seeweg nach Indien zu finden. Und leider gab es keine Stimme, deren Bann stark genug gewesen wäre, um Hitler, Napoleon oder Stalin von ihrer Politik abzubringen.

Heutzutage indessen gibt es kaum noch einen Quadratzoll Boden, der zutreffend als *Terra incognita* bezeichnet werden könnte. Gelegentlich entdeckt man wohl einen übergroßen Fußabdruck im Dschungel Malaysiens oder an den Hängen des Everest, der vermuten läßt, daß es noch Lebensformen gibt, die uns unbekannt sind, mächtige, scheue Kreaturen, die noch nicht jenen Zustand der Evolution erreicht haben, der einen Besuch in der Schuhabteilung des »Big Man's Shop« unabdingbar macht. Jeder Hinweis dieser Art wird von einer entwickelten Welt, deren Dasein von einer rasch zunehmenden Einbuße an Geheimnissen bestimmt wird, mit einem leisen Schauder des Entzückens aufgenommen. Denn das Geheimnis ist ein Element, das beinahe so lebenswichtig ist wie der Sauerstoff.

Den akuten Mangel erkennen wir an der wachsenden Zahl derer, die dem Rattenrennen des Alltags dadurch entrinnen, daß sie ihr Geld in kleine Boote investieren, mit denen sie die Elemente herausfordern, Spielzeugnachbildungen des großen Kolumbus gleich. Jeweils für einen vollen Tag oder mehr verlieren diese Bataillone neuzeitlicher Forscher in ihrem Bestreben, alles einmal hinter sich zu lassen, das Land aus den Augen, wenn auch selten sich gegenseitig. Und während sie die Leinen straffen, spüren sie das unbestimmte Kribbeln der Ungewißheit, des Unbeschriebenen, einer Natur, die jeden Augenblick mißmutig werden kann. Gewiß haben die romantischen Amateure, die so gegen überlegene Gewalten antreten, eine sehr viel größere Gefolgschaft bei denen, die im grauen Alltag leben, als die Abteilungsleiter, die Leute mit dem Fuß auf dem Bremspedal, deren Auftrag es ist, den gesunden Menschenverstand gegen jede Andeutung von Phantasie zu verteidigen. Erst wenn das winzige Abenteuerchen zu Ende ist, übernimmt der graue Alltag, die Logik, wieder das Kommando. Die Boote, diese kleinen Plastikwerkzeuge zum Träumen, liegen wieder in Reih' und Glied an ihren numerierten Stegen in den Jachthäfen wie die Bücher auf den Regalen einer Leihbibliothek.

Unser Bedürfnis nach Geheimnissen und dem, was man Traumraum nennen könnte, wird deutlich im wilden Überfluß an Science-fiction-Filmen, die in ihrem brennenden Verlangen, Neuland zu erschließen, neomittelalterlich werden, beeinflußt von den Possen der Samurai- und anderen Krypto-Kung-Fu-Phantasmagorien, und insofern werden sie, was nie beabsichtigt war, einander allmählich schrecklich ähnlich. Es ist, als seien selbst unsere Phantasien mit Wegweisern beschildert, als verlaufe jede Flucht genau nach Plan. In allen Hotels einer gewissen Klasse überall auf der Welt gibt es Portiers und Concierges, die, wenngleich sie selbst womöglich nie gereist sind, völlig gleich auf die launischen Zumutungen ihres Berufes reagieren. Jeder Unteroffizier in jeder Armee, jeder Wachtmeister bei der Polizei, jeder Zollbeamte in jeder Zollstation ist auf die gleiche Art unfreundlich. Nur in ihren Freundlichkeiten sind sie unterschiedlich und überraschend. Jeder Oberkellner hat das gleiche berufsmäßige Lächeln und wahrt die gleiche vorsichtige Distanz.

Wir sind, mit anderen Worten, von einem immer dichteren Wald an Stereotypen umgeben, von uniformen Arten, die Dinge zu tun, und von immer verzweifelteren Ausbruchsversuchen derer, die zu ihrem eigenen Lebensunterhalt unsere Phantasie kultivieren. Ein Fußballspiel zwischen den Nationalmannschaften von China und Kuwait hätte uns vor wenigen Jahren in aufgeregte Erwartungen versetzt. Heute unterscheidet es sich kaum von einer Begegnung zwischen Queen's Park Rangers und Manchester United. Die Spieler haben sehr schnell gelernt, Salto zu schlagen und über die Absperrungen zu flanken, wenn sie ein Tor geschossen haben, und menschliche Totempfähle des Entzückens zu errichten, die dann halsbrecherisch zu Boden stürzen. Auch haben sie gelernt, sich in Todesqualen zu winden, derweil der Angreifer eine gelbe Karte verpaßt bekommt, sodann heroisch ein paar Schritte zu humpeln, um im näch-

Vor dem Start zur ersten 4x100-Meter-Staffel bei den Olympischen Spielen

sten Augenblick einen Paß entgegenzunehmen und pfeilschnell dem gegnerischen Tor zuzustreben, als sei nichts geschehen. Und die Menge hat gelernt, in atonale Litaneien auszubrechen, um ihre Mannschaft zur Tat zu treiben. Und die Schiedsrichter sehen allesamt so aus, als hätten sie sich für ihr Alter bemerkenswert gut gehalten.

Es gibt nur einen klaren Unterschied. Da China und Kuwait streng nationale Mannschaften sind, gibt es hier keine ganz weißen und keine ganz schwarzen Spieler wie in den britischen Teams. Unterdessen ist hinter dem Horizont Boris Jelzin dabei, die gewaltige Umorientierung der Gemeinschaft Unabhängiger Staaten in Angriff zu nehmen, ohne mit der Wimper zu zucken. Es kann sein, daß es in Rußland um diese Jahreszeit zu kalt ist, um mit der Wimper zu zucken, aber ein Faktor, der zu seiner Nonchalance beiträgt, ist sicher der folgende: Seine Vorgänger haben zuviel Zeit damit verschwendet, die Unermeßlichkeit des Problems abzuschätzen, und daher nicht gewußt, wo sie anfangen sollten. Jelzin scheint zu denken, es sei besser, irgend etwas zu tun, und sei es noch so unüberlegt, als nichts zu tun, das aber mit großer Umsicht. Er tut wahrscheinlich recht daran, die gewaltige Frage der Umgestaltung als Alltagsgeschäft zu behandeln.

Nach Jahrhunderten der Isolation ist Rußland entschlossen, einige der Klischees zu erwerben, die uns selbst in unseren privatesten Lebensbereichen umranken. Es braucht das tröstliche Gefühl, die Phase zu durchleben, in der wir sind. Wir erinnern uns an die Ekstase britischer Sportreporter, als die britische Hundert-Meter-Staffel endlich, endlich ihre amerikanischen Konkurrenten besiegt hatte. Daß alle acht Sprinter schwarz waren, verstärkte nur noch den Patriotismus der Kommentatoren. Wenn die Olympiamannschaft der GUS sich einer Handvoll afrikanischer Athleten und einiger Asiaten rühmen kann, dann werden wir wissen: Endlich ist Rußland in der zunehmend überraschungslosen modernen Welt zur Reife gelangt. Und da gibt es immer noch welche, die meckern über die Gefahren des Föderalismus!

31. Januar 1992

Party time is here again

Während immer neue Gegenden des Planeten für die Grundsätze und Praktiken der Demokratie gewonnen werden, werden wir unaufhörlich Zeugen der Machtkämpfe in sehr unterschiedlichen Systemen, die allesamt auf die Freiheit des Individuums gerichtet sind. Israel hat soeben einen Termin für die Parlamentswahlen im Frühsommer bekanntgegeben; es will versuchen, sich von einer Knesset zu befreien, die sich in einem permanenten Zustand der Unbeweglichkeit verkeilt hat und infolgedessen denjenigen viel zuviel Bedeutung beimißt, die in den winzigen Nebenarmen des Mainstream Nuancen von Meinungen vertreten.

In groben Zügen verläuft der Kampf um die öffentliche Billigung einerseits zwischen denen, die an Unerbittlichkeit glauben und den armen, heimatlosen Herrn Arafat zu einem Buhmann stilisiert haben, und andererseits denen, die genügend Selbstvertrauen besitzen, um an Flexibilität zu glauben, und sich daher gestatten, der immens beeindruckenden Logik des Dr. Ashrawi zuzuhören, ohne zurückzuschrecken.

Diese ohnehin schon schwindelerregende Mischung bereichere man um die Minorität im Hinterlande, mit jenen, die sich aufführen, als stünden sie auf Grußfuß mit dem lieben Gott, und schon hat man ein Szenario, so zeitlos wie die Landschaft und so erheiternd wie die Trockenheit. Die Ergebnisse einer Wahl können kaum viel ändern in diesem jungen und so uralten Staat, zu Zeiten geschlagen mit unmäßiger Brillanz und Vorteilen in jeder Hinsicht, wäre nicht die vorherrschende Verstocktheit all dem so hinderlich.

Die bevorstehenden Wahlen in Tasmanien und im Territorium von Canberra sind noch akutere Beispiele dafür, wie Mega-Multi-Parteien in kleinen Regionen wirken, wobei eine Fülle von Parteilosen die Sache in einem ohnedies komplizierten Wahlsystem noch weiter verwirren. Dieses demokratische Anliegen, alle Schattierungen von Meinungen getreu wiederzugeben, ist das, was speziell den Briten angst macht und sie dazu bringt, ein obsoletes System zu befürworten, welches Stabilität über alles stellt.

Die Meinungen, finden sie, kann man getrost zwei Parteien überlassen. Zwei sind das für die Freiheit der Wahl erforderliche Minimum, und zum Beweis schlüpfte noch eine dritte Partei kunstvoll unterm Zaun hindurch, bevor man sie daran hindern konnte; sie schwimmt jetzt als permanente Fliege im zweigeteilten Salböl, gewinnt bei den Nachwahlen mehr als bei den Wahlen und verwirrt die Sache damit weiter.

Das britische System ist absolut frei von allem Feinsinnigen; die Repräsentation ist das Resultat des Modells »Der Sieger bekommt alles« und insofern nicht annähernd so akkurat oder auch so mühselig wie bei einer Verhältniswahl. Es scheint, je größer die Wählerschaft, desto weniger haben Regierungen noch die Fähigkeit, so demokratisch zu sein, wie sie zu sein vorgeben. Auf der riesigen Leinwand der Vereinigten Staaten findet sich nichts von den Farbnuancen, die bei den Wahlen in Canberra, Tasmanien oder selbst

Israel angebracht werden können, nichts von dem diskreten *Trompe l'œil* Großbritanniens, sondern nur noch grelles Acryl, etwa so raffiniert wie Campbell's-Suppendosen, gesehen von Andy Warhol.

Die Wahl des neuen – oder alten – Präsidenten kommt zunehmend in Schwung. Dafür, daß es sich um die einflußreichste Demokratie der Welt handelt, ist es erstaunlich, wieviel Zeit man darauf verwendet, sich auf die Wahlen vorzubereiten und sich von ihnen zu erholen. Die sogenannte »Sweetheart Period«, die Schonfrist nach einer Wahl, innerhalb deren dem Amtsinhaber aus Fehlbeurteilungen kein Vorwurf gemacht wird, ist kaum vorüber, bevor mit Schwindelei und Arglist die nächste Kraftprobe beginnt. Die Umfragen stellen die Kontinuität durch die Beobachtung des präsidialen Ansehens sicher, ganz wie der Wettermann sein Barometer beobachtet, und der Ärmste saust auf seiner Achterbahn auf und ab, ebenso beschwingend oder bedrükkend wie der Dow-Jones-Index.

Aber es gibt auch andere Entwicklungen. Mr. Bush hat mitgeteilt, daß er alles Erforderliche tun werde, um zu gewinnen, eine Erklärung, welche bei den Wählern in einigen anderen Ländern entweder ein Zittern oder ein düsteres Gefühl des *Déjà-vu* auslösen könnte, in den Vereinigten Staaten aber nicht mehr gilt als das Trompeten eines Boxers vor dem Titelkampf. Es gibt indessen ein ganz neues Element in alldem, das unsere bange Sorge angesichts der Zukunft des demokratischen Verfahrens ganz zu Recht wachsen lassen könnte, falls man zuläßt, daß es sich auf andere Länder ausbreitet. Erpressungen haben in letzter Zeit abgenommen, nicht weil die nationale Moral überraschende Fortschritte gemacht hätte, sondern einfach infolge eines neuen Systems, das sowohl sicherer als auch anscheinend gesetzestreu ist. Das häßliche Geschäft des Kidnapping ist überflüssig, und dann sind es auch all die furchtbar riskanten Rituale des Hinterlassens von Nachrichten an obskuren Orten, des Telefonierens mit verstellter Stimme und des letztendlichen Austauschens von Gefangenen und riesigen Summen Geldes, wenn die Parteien, die sich als Betroffene sehen, abwarten, bis Personen, die öffentliche Aufmerksamkeit genießen, sich als Kandidaten für hohe Ämter präsentieren, sei es als hoffnungsfrohe Präsidentschaftsanwärter oder für einen Sitz am Obersten Gerichtshof.

An diesem Punkt werden dann nämlich Damen entdeckt, die sich plötzlich erinnern können, mit dem betreffenden Herrn sexuelle Beziehungen unterhalten zu haben, die unerträglich schmutzig und erniedrigend waren. Heutzutage sind Andeutungen und Erpressungsdrohungen nicht mehr nötig. Ein entsprechendes Boulevardblatt zahlt für die Story einen Betrag, der mindestens dem entspricht, was ein Erpresser gefordert hätte, unter der einzigen Bedingung, daß das Geld durch ein angemessen pathetisches und melodramatisches Verhalten während der nachfolgenden Untersuchung verdient werde. Mögen die Anschuldigungen wahr oder falsch sein, sie sind darauf berechnet, die Karriere des Opfers zu vernichten. Ob wahr oder falsch, die beschuldigende Person wurde bezahlt. Ob wahr oder falsch, seriöse Zeitungen können nicht länger umhin, das anstößige Boulevardblatt zu zitieren, wenn die Beschuldigungen erst in die Öffentlichkeit gedrungen sind und zu einer Untersuchung Anlaß gegeben haben.

Und schließlich: Daß Gary Hart diese Prozedur nicht bestanden hat, während Richter Thomas sie überlebt hat und Mr. Clinton zwar verdattert, aber doch aufrecht geblieben ist, ändert nichts an der Tatsache, daß diese Form der gefahrlosen Erpressung gegen kein Gesetz verstößt, außer vielleicht gegen das Verbot der üblen Nachrede, aber eine faire Äußerung genießt stets den Vorbehalt des Zweifels in einem Lande, das so stolz auf seine Freiheit ist.

Der Eindruck der geheuchelten Frömmigkeit, der bei alldem erwacht, ist ziemlich abstoßend. Wieder einmal geht es überhaupt nicht um die Wahrheit. Die Fähigkeit eines Mannes, gut zu reagieren, ist durch sein Privatleben noch selten über Gebühr beeinträchtigt worden. Im Keller so manches vergangenen Helden hat man schon Leichen gefunden: bei John F. Kennedy, Roosevelt, Eisenhower. Jeder, der etwas taugt, hat mindestens eine. Alles, was sich mit seinem Aufstieg verändert, ist die Größe des Kellers und die Größe des Schlüssellochs.

6. Februar 1992

Männerwelt der Antipoden

Vor achtzehn Monaten opferten wir unseren europäischen Sommer, um Australien zu bereisen, und begaben uns von einem Winter in einen anderen, wenngleich milden. Jetzt haben wir Vergeltung üben können, indem wir den europäischen Winter zugunsten des antipodischen Sommers aufgeben konnten. Es gibt Schneestürme und Hochwasserfluten, aber nur in den Fernsehnachrichten.

Draußen herrscht lauter sinnenfroher Sonnenschein; ein Funkeln liegt in der Luft, und der Asphalt ist gesprenkelt, wo das wilde Licht durch prachtvolle Bäume sickert. Locker und zweckmäßig gekleidet, gehen die Menschen ihren Geschäften nach und legen die Gesichter in Falten, um sich der beharrlichen Milde der Elemente und der Aufmerksamkeiten einzelner Fliegen zu erwehren, die sich ihre Klienten erwählen und sie dann mit jener unverhofften Hingabe begleiten, mit der sich herrenlose Hunde an ein potentielles Herrchen heften.

Es kann nicht viele Länder geben, die weniger erpicht auf Spannungen sind als Australien. Das Land hat seine Probleme, und ein paar davon sind ernst. Der japanische Autoproduzent Nissan hat seine hiesige Produktion kürzlich eingestellt und eintausendachthundert Arbeiter in die Freiheit der Arbeitslosigkeit entlassen. Daran ist nichts Neues.

Nissan hat seinen Abgang auf einem ausgetretenen Pfad vollzogen, den zuvor schon British Leyland, Volkswagen und Chrysler gegangen sind. Das ungewöhnliche Element dabei besteht darin, zu sehen, daß ein führendes japanisches Unternehmen lokal begrenzt den Rückwärtsgang einlegen muß. Iacoccas Rache. Die große wirtschaftliche Unsicherheit ist eine universelle, aber weil Australien so weit von allem anderen entfernt ist, bekommt die Sorge einen lokalen Anstrich. In der Haltung der Menschen indessen ist sie niemals wahrnehmbar: Sie behalten ihre unbeirrbare Jovialität, ihre zärtliche Streitsucht und die überschäumende, unsentimentale Gutwilligkeit.

Es ist vielleicht typisch, daß eine Menge Druckerschwärze auf den Wunsch des Bischofs von Canberra und Goulburn verwandt wird, elf Frauen zu Priesterinnen zu ernennen, eine Initiative, die nur durch eine gerichtliche Verfügung verhindert werden konnte. Dies führte zu einem frommen Rückzug und zu zahlreichen Fotos von elf düsteren Damen, die in Gegenwart von Bischof Dowling meditieren.

Inzwischen hat der Kampf zwischen den modernen Bischöfen und den Traditionalisten, die gegen diese Idee opponieren, solche Ausmaße angenommen, daß er Mr. Ivor Davies aus Footscray, einem Leser des *Melbourne Age*, Anlaß zu dem freudigen Bekenntnis gibt: »Ich bin froh, Atheist zu sein. Kämpft nur weiter, ihr Religionsfanatiker, kämpft nur immer weiter.«

Dies wirft allenfalls Licht auf die Sportversessenheit der Australier; sie sind extrem kenntnisreiche Zuschauer und vorzügliche Aktive. Es ist typisch, daß ein Individuum ohne besondere Neigungen zu den konventionellen Aspekten der Frömmigkeit im Gezänk der Prälaten die vorteilhaften Aspekte einer sportlichen Veranstaltung entdeckt.

Selbst ohne so weit zu gehen, sich dem Atheismus anheimzugeben, ist es für den Laien zuweilen schwierig, die Argumente in diesem klerikalen Konflikt nachzuvollziehen. So bin ich Father John Potter, dem Melbourner Vorsitzenden einer Gruppe von Gegnern der Frauenordination, zu Dank verpflichtet.

Er erklärt, wenn Christus weibliche Priester gewollt hätte, dann hätte er Frauen zu Aposteln erwählt. Aber wer hat dann Frauen als Heilige zugelassen? Sie scheinen mir in der himmlischen Hierarchie doch höher zu stehen als bloße Klerikerinnen? Und was ist mit den Nonnen? Wie sind sie durch die Maschen im Netz der männlichen Exklusivität geschlüpft? Und ist es nicht schon beinahe pervers, Frauen in die höchsten Ränge des Geistes zu lassen, sie aber vom grauen Alltag der Gemeindepfarrei auszuschließen, eine Art *Honoris-causa*-Ehrung also nur für die, deren überlegene Frömmigkeit unabweislich ist?

Und schließlich, ist es nicht alles eine Frage des Maßstabes? Ist die Mentalität, die den Frauen die Möglichkeit der Berufung verweigert, nicht dieselbe, die in gröberen Zeiten das Ertränken und Verbrennen von Hexen anordnete, jener Unglückseligen, deren sehr unmännliche Instinkte sie empfänglich für die Welt des Okkulten und des Unsichtbaren machten, für eine Welt, die der ermüdend prosaischen Logik des weniger empfindsamen Geschlechts ganz fremd war?

Es hat lange gedauert, bis die Frauen das Wahlrecht bekamen, und es gab am Ende keinen mystischen Grund für diese Kapitulation. Einige Kleriker denken, die Frauen hätten es nur auf eine weitere Dosis ihrer legitimen Rechte abgesehen und Rechte hätten nichts zu tun mit der Welt des Geistes.

Es beengt in jedem Fall den Horizont des Geistes, wenn man behauptet, diese exklusive Zone der Vertretung und Vermarktung des göttlichen Worts sei allein Männern vorbehalten und eine Vision, die Herz und Seele einer Frau erfülle, müsse geradewegs zu Martyrium und Heiligkeit führen – die Agonie der Lyrik im Gegensatz zur Routine der Prosa. Niemand ist so bigott, immer noch zu glauben, in der Kirche sei kein Platz für Frauen in irgendeiner Eigenschaft. Könnte irgendein Mann die donnernde Zerbrechlichkeit einer Mutter Teresa nachahmen? Oder mit einer solchen Stimme überzeugen, winzig, aber resolut wie die niemals flackernde Flamme einer kleinen Kerze?

Während diese Flüsterschlacht zur einsamen Unterhaltung eines einzelnen Atheisten auf der Galerie tobt, unternimmt ein noch archaischerer Vorwurf den Versuch, unsere Aufmerksamkeit auf sich zu lenken. Michael Thornton, den die australische Presse als führenden Experten für die Geschichte des Königshauses bezeichnet, gibt der Königin persönlich die Schuld am Popularitätsverlust der Monarchie. Sie habe, meint Mr. Thornton, in offenkundiger Weise versagt, da es ihr nicht gelungen sei, ihren Sohn dazu anzuleiten, die Rolle des Prince of Wales zufriedenstellend auszufüllen, und er drohe sich nun zum Langweiler der Nation zu entwickeln. Mr. Thornton hat in dem, was er sagt, schreckliche Ähnlichkeit mit jenen unversöhnlichen Geistlichen, wenn er zwischen den Zeilen andeutet, die Königin hätte die königliche Familie sehr viel besser im Griff, wenn sie nur ein König wäre.

Mr. Thornton seien seine Ansichten gegönnt wie mir die meinen. Der größte Nachteil des Prinzen von Wales besteht darin, daß er talentiert ist, was vielleicht der furchtbarste Schicksalsschlag für jemanden in seiner Position ist, und die königliche Familie leistet großartige Arbeit, und zwar unter strapaziösesten Umständen, solange Männer wie Mr. Thornton als Schiedsrichter in Majestätsfragen auftreten und der Boulevardpresse die Themen fehlen.

Unterdessen leben 1,23 Milliarden Menschen ohne sauberes Trinkwasser und 2,25 Milliarden ohne sanitäre Anlagen. Hundert Millionen Kinder wissen nicht, was eine Schule ist, und fast eine Milliarde Erwachsene auf der Welt sind Analphabeten. Amen.

13. Februar 1992

Dörfler und Schurken

Die Oper von Sydney ist zu einem Wahrzeichen geworden, wie der Eiffelturm eines ist oder das Kolosseum in Rom. Weit mehr Menschen, als je darin gewesen sind, kennen ihren Anblick: eine Anhäufung von Konquistadorenhelmen, dicht am Wasser in diesem prachtvollen Hafen, ein Monument der Tiefe und Bandbreite australischer Kultur.

Vor zwei Tagen wurde hier ein Werk aufgeführt, das zum Klassiker geworden ist, obgleich es in den eher traditionsgebundenen Häusern kaum mit großer Oper in Verbindung gebracht wird: *Anatevka.* Und, eine weitere Anomalie, die Hauptrolle in dieser Bühnenfassung von Sholon Aleichems Geschichte vom jüdischen Dorfleben im pogromgeplagten zaristischen Rußland, die Rolle des Milchmanns Tewje, wurde von einem Schauspieler gespielt, der strenggenommen kein Sänger ist. Die Aufführung bekam das, was man allgemein gemischte Kritiken nennt; die Haupteinwände richteten sich gegen die mittelmäßige Qualität der Stimmen, gegen den Ensemblegesang und gegen die sklavische Reproduktion von Jerome Robbins vorzüglicher Choreographie. Mit anderen Worten, es waren technische Einwände.

Ich muß zu Protokoll geben, daß es allen vorgeblichen Unzulänglichkeiten zum Trotz mit Abstand die schönste Aufführung des Stückes war, die ich gesehen habe. Ich will noch weiter gehen und erklären, daß es gerade die Unzulänglichkeiten waren, die es dazu gemacht haben – kein blankpoliertes Glitzerfest für die oberflächlichen Sinne, sondern eine tiefgründige, einfache Geschichte von ganz reiner, emotionaler Wirkung.

Max Gillies, ein wunderbarer Künstler, gab einen sehr guten Tewje ab; seine Beziehung zu Gott ähnelte der eines Boxers zu seiner Ecke nach ungezählten Runden. Verbannt war jede Andeutung des Bittersüßen, des Schmalzigen, des Einschmeichelnden, des Fatalistischen. Dies hob das durchgängig hohe Niveau der allgemeinen Aufführung von bloßer Folklore zu einem tiefen und im Wesen menschlichen Erlebnis. Und es ließ den Zuschauer erkennen, wie allgemeingültig die Story ist.

Die russischen Dörfler sind keine Schurken; sogar ein Held ist unter ihnen. Nur das Diktat einer grotesken Autokratie zwingt sie, sich den Anschein der Skrupellosigkeit zu geben (und es gibt immer noch Leute, die glauben, die Revolution sei unnötig gewesen?). Ist Medizin nötig, um eine Krankheit zu bekämpfen? Mag sein, daß es angesichts der Nebenwirkungen nicht die richtige Medizin war, aber war es denn schlimmer als keine Medizin?

Jedenfalls verlassen die Juden dieses unruhige Land mit der stillen Entschlossenheit, anderswohin zu wandern. Nur der geschäftige Kuppler entscheidet sich für Jerusalem; die anderen gehen nach Warschau oder nach New York, wohin es ihre Onkel wie Spreu verweht hat. Die Beziehung zwischen Falken und Tauben hat sich im Laufe der Zeit nicht geändert, ebensowenig das Unrecht in den als besetzt bezeichneten Gebieten. Terror und Deportation sind Symptome der Unsicherheit, damals wie heute. Man sollte diese Aufführung zu einem Pflichtprogramm für Mr. Sharon und gewisse Kollegen machen, nicht nur als Quell der Erbauung. Eine der besten Zeilen des Stückes kommt gegen Ende, als die Familie mit zwei Karren, die ihre ganze Habe tragen, auf das Meer zugeht. Zwei Kinder, aufgrund ihres Alters noch nicht sehr feinfühlig, sind unempfänglich für die feierliche, ja, heroische Atmosphäre und spielen kichernd. Die Stimme Goldes, der Milchmannsfrau, durchschneidet die Morgenluft. »Benehmt euch, Kinder. Wir sind noch nicht in Amerika.«

Es scheint, als sei es erst gestern gewesen, daß Präsident Bush für ein freundlicheres, sanfteres Amerika eintrat. Als Appell wirkte es immer schon ungeheuer zivilisiert und ein wenig unrealistisch, einfach weil eine Rezession eigentlich nicht das ideale Klima für schrullige Einfälle ist. Auf alle Fälle konnte er kaum den Golfkrieg vorhersehen, der aus heiterem Himmel eine Ablenkung von wirtschaftlichen Sorgen eröffnete. Amerika war, damals wie heute, eifrig darauf aus, zu zeigen, was schieres militärisches Know-how für den Ruf eines Landes tun kann, nachdem nun die Sowjetunion so unbedacht abgetaucht war und zur Abwechslung versuchte, sich bedeckt zu halten.

Der Krieg kam nur langsam in Gang und war dann gleißend kurz, scharf und teuer. Er wurde überdies unschlüssig geführt, und das hat ihn lang, stumpf und ruinös werden lassen. Und noch bevor er angefangen hatte, wurde der amerikanische Luftwaffengeneral Dugan ohne feierliche Umstände gefeuert, weil er Journalisten seine Kriegsziele mitgeteilt hatte. Sodann gab es Hinweise auf einen schattenhaften Vorgang hinter alldem, »Operation Enthauptung« genannt. Israelische Quellen hatten anscheinend vorgeschlagen, die beste Methode, Saddam Hussein zu schaden, bestehe darin, seine Frau, seine Familie, seine persönliche Leibwache aufs Korn zu nehmen. Warum sein nahes Umfeld und nicht den Mann selbst? Nun, es liegt auf der Hand, daß die Vereinigten Staaten beim Terrorismus kein Auge zudrücken können, wenn der Terrorismus selbst auf der Anklagebank steht, und ebensowenig kann ein Mordanschlag als solcher Bestandteil der Politik sein.

Das Ergebnis dieser feinsinnigen Überlegungen: Die Ermordung eines Individuums ist zwar *out*, die Ermordung seines gesamten Gefolges in der Hoffnung, daß er sich mittendrin befinden möge, aber äußerst *in*. Wir erinnern uns, wie man dies im Falle Ghaddafi versucht hat – mit dem Ergebnis, daß ein Kind starb und Ghaddafi entkam. Die Entlassung General Dugans schien zum fraglichen Zeitpunkt ganz richtig zu sein, auch wenn niemand sich die Mühe machte, seine Indiskretionen zu dementieren. Das Dumme an ihnen war, daß sie zweifellos stimmten.

Die eigentlichen Kampfhandlungen kamen und gingen blitzschnell, und sie endeten in dem, was ich seinerzeit als »das gewohnte Zusammenspiel zwischen Gut und Böse in der schlechtesten aller Welten« zu nennen wagte. Amerika feierte wie wild einen Sieg, der nur ein halber Sieg war. Das alles basierte auf der Annahme, daß jedes normale Land im Angesicht einer solchen Niederlage auf dem Schlachtfeld seinen Führer feuern und die Regierung auswechseln würde. Offenbar war der Irak aber kein normales Land, und nachdem man Saddam einmal gnädig vom Haken gelassen hat, wird er sich freiwillig nicht wieder daran aufhängen lassen.

Was nun also? Nach einer Serie von Fehlkalkulationen, bei denen es nicht schwierig war, schon vor dem Schaden klug zu sein, hat Mr. Bush ein regelrechtes Kopfgeld auf Saddam ausgesetzt. Wieder einmal genießen wir das erstaunliche Schauspiel, wie eine Regierung eine Initiative ergreift, die sofortige Verhaftung zur Folge hätte, wenn sie einem Individuum in den Sinn käme. Man hört die Vermutung, Bush habe den Wunsch, Saddam möglichst noch vor der Wahl in die Geschichte eingehen zu lassen. In einer gewohnt kryptischen Verlautbarung hat ein CIA-Vertreter erklärt, ihr neuer Auftrag sei es, Saddams Hose mit Sand zu füllen. Ich habe keine Ahnung, was das heißen soll, aber es klingt entschieden unattraktiv. Bush steht für einen Kommentar nicht zur Verfügung. Er ist zu sehr damit beschäftigt, im Jogginganzug den Eindruck zu erwecken, als überhole er einen Olympia-Athleten auf der Zielgeraden zur Presse. Nennen sie die Kandidatur dort vielleicht deshalb *running for office*? Okay, Kids. Benehmt euch schlecht. Ihr seid endlich in Amerika.

20. Februar 1992

Gezeitenwechsel im Hafen von Hongkong

Der Hafen von Hongkong um sechs Uhr morgens hat die dunstige Beschaffenheit eines chinesischen Aquarells, grau mit einem zarten Hauch von Rosa hier und da; die noch nicht ganz erwachte Sonne dreht sich ein letztes Mal auf die andere Seite, um noch ein paar Augenblicke Schlaf zu erhaschen, ehe sie wirklich aufgeht. Bei genauerem Hinschauen entdeckt man die endlosen Autokolonnen, wie Perlen auf einer endlosen Schnur; noch fließen sie, aber hier und da staut es sich schon. Man kann nicht wissen, wann dieses emsige Treiben begann. Möglich, daß es seit Einbruch der Nacht ohne Unterbrechung im Gange ist, ja, daß es Hongkongs *Perpetuum mobile* ist, das tagsüber in einem Crescendo zunimmt und nachts nie völlig zum Stillstand kommt.

Es ist von allen Blickwinkeln aus betrachtet eine außergewöhnliche Anomalie. Ein Stadtstaat auf höchster Entwicklungsstufe, wahrscheinlich mehr als jeder andere Ort auf Erden dazu fähig, sich selbst zu regieren, technisch gesehen immer noch eine Kolonie, während Pazifikinseln, deren Volkswirtschaft nichts als Vogelscheiße zu bieten hat, zumindest nominelle Unabhängigkeit erlangt haben.

Dieser absurde Sachverhalt, der teilweise zweifellos auf die uralte Pachtvereinbarung mit dem kaiserlichen China zurückzuführen ist, hat Großbritannien veranlaßt, auf allerlei Weise im Namen Hongkongs aufzutreten, ohne dabei nur einen Augenblick lang die intrinsische Unwirklichkeit der Situation verbergen zu können. Es ist, als sei Hongkong, inzwischen ein Erwachsener von überlegener Intelligenz, immer noch gelegentlich dazu verdammt, Babykleidung zu tragen.

Natürlich wird sich das alles 1997 ändern, wenn der Pachtvertrag ausläuft. Wäre das nicht der Fall, würde jede Gesellschaft, die im zwanzigsten Jahrhundert lebt, den derzeitigen wunderlichen Status quo mißbilligen.

Und doch gilt die beherrschende Furcht in der Kolonie ironischerweise der Frage, in welchem Ausmaß die Dinge sich an jenem schicksalhaften Tag verändern werden. Viele sind bereits in Richtung Vancouver, San Francisco und anderer Städte mit einer großen chinesischen Gemeinde abgereist, und es gibt bedeutende Konzerne, die Hongkong zwar nicht völlig verlassen, ihre Hauptverwaltung aber doch an Orte wie Singapur verlegt haben. Es gibt offensichtlich Leute und Unternehmen, die glauben, eine Axt würde fallen und kein diskreter Vermischungsprozeß stattfinden. Aber zumindest, komme, was da wolle, wird es eine Angelegenheit zwischen Chinesen und Chinesen sein – nicht ganz eine innere Angelegenheit, aber wenigstens eine, die eine Nation von brillanten Pragmatikern ebenso wie von politischen Theoretikern betrifft, die sich beständig an die sich wandelnden Bedingungen anpassen.

Großbritannien wird keine weitere Veranlassung haben, den Direktor der neuen Schule zu besuchen, um sich davon zu überzeugen, daß der Schüler, der für das Jahr 1997 erwartet wird, wegen seiner offenkundigen, ans Geniale grenzenden überlegenen Gelehrsamkeit nicht zum Opfer gemacht wird. Und bestimmte Peinlichkeiten wird es nicht mehr geben, etwa die Auswahl derer, die eines britischen Passes würdig sind, oder die Entscheidung, welche vietnamesischen Boat people echte Flüchtlinge sind und welche bloß den Ehrgeiz haben, in einer flexibleren Gesellschaft als der eigenen Millionär zu werden. Diejenigen, die solche willkürlichen Prüfungen nicht bestanden haben, werden dann nicht mehr schreiend und strampelnd zum Flugzeug getragen werden, um sie in einer diskreten Stunde der Dunkelheit in ihre Heimat abzuschieben – in einer Stadt, die anscheinend niemals schläft und deshalb keine diskrete Stunde der Dunkelheit kennt. Und schließlich wird Schluß sein mit den schlecht verhüllten Spannungen zwischen einem scheidenden Gouverneur mit scharfem Verstand und großen Fähigkeiten, der das Denken und die Sprache der Chinesen kennt, und einer Regierung in London, die entschlossen ist, ihr Mündel persönlich in der neuen Schule abzuliefern, nicht ohne beiden Parteien letzte Ermahnungen zukommen zu lassen und sie für die ungewisse Zukunft daran zu erinnern, daß das Kindermädchen es noch immer am besten wußte.

Es ist schwer vorstellbar, daß die Volksrepublik, wenn die Geschicke der Kolonie erst wieder in ihre Hände gelegt sind, sich übereilte Handlungen zuschulden kommen lassen wird, die den Wert eines so raren Erwerbs wie Hongkong mindern könnten. Wie die Dinge liegen, beeinflußt Hongkong das Mutterland weit stärker als umgekehrt. Schon profitieren die freien Industriezonen in der Nachbarschaft von einem willkommenen Zustrom ausländischen Kapitals, während sich mancherorts auf dem Festland das Allerneueste auf dem Gebiet der Hotelierskunst manifestiert. Der Tourismus entwickelt sich zu einer bedeutenden Industrie, nachdem China sich diskret und seinem eigenen Zeitplan gemäß geöffnet hat, ohne dazu Beschwörungen von Perestroika und Glasnost gebraucht zu haben.

Im Gegenteil, gelegentlich zieht es noch die Bremsen an, um die Welt daran zu erinnern, wer der Boß ist, und dann kommt es zu häßlichen Augenblicken wie auf dem Platz des Himmlischen Friedens. Es gibt immer noch Spuren von uralter Gefühllosigkeit in der kaltblütigen Unterdrückung weiblichen Lebens in der strikten Befolgung der Ein-Kind-Familien-Verordnung.

Solche Tatsachen kränken unser Feingefühl, aber angesichts der wunderbaren Mittel, die uns in dieser informationellen Revolution zur Verfügung stehen, ist vorhersehbar, je mehr die verschiedenen Teile des Planeten über die anderen Teile wissen, desto mehr werden sich die Nationen der anderswo allgemein akzeptierten menschlichen Verhaltensnormen bewußt.

Es stimmt zweifellos, daß es die unermeßliche Größe der chinesischen Bevölkerung ist, die zu einer relativen Verbilligung des Lebens führt, ganz wie große europäische Staaten – Großbritannien, Frankreich, Deutschland –, mögen sie auch oft von höchsten sozialen Ambitionen betrogen sein, doch nicht annähernd die kollektive Großzügigkeit von unterbevölkerten Ländern wie Schweden oder Norwegen an den Tag legen. Bevölkerungsgröße, Landschaft und Klima spielen eine urzeitliche Rolle bei der Bildung des Nationalcharakters und sogar bei der Entscheidung über die Religionszugehörigkeit. Hongkong ist für Asien so unentbehrlich, wie die Schweiz es für Europa war, und größtenteils aus den gleichen Gründen. Es muß solche Finanzabrechnungsstellen geben, Sitze des Reichtums, Verhandlungssäle. Neutraler Boden ist solchen Orten eigen.

Gleichwohl mögen manche Aspekte dieser außergewöhnlichen Stadt für die Festlandbewohner überraschend sein, wenn die Grenze erst nicht mehr existiert. Ein höchst kultivierter und gebildeter Gentleman äußerte neulich abends sein Mitgefühl für einen seiner Bekannten aus Thailand, da man dort unter der Last einer sechshundertprozentigen Steuer auf Luxusautomobile stöhnt. Dem Himmel sei Dank, fügte er hinzu: Die Steuer auf einen Rolls-Royce beträgt in Hongkong nur hundert Prozent. Sein stilles Lächeln nach dieser Bemerkung erweckte den Anschein, es handele sich hier um ein solches Schnäppchen, daß er ernsthaft in Erwägung ziehe, sich gleich einen zweiten anzuschaffen.

5. März 1992

Schuld und Sühne

Während meine Reise durch den Fernen Osten dem Ende zugeht und die Erwartung der Wiederentdekkung Europas in meinen Gedanken immer größer wird, halte ich es für angebracht, ein paar überraschende Eindrücke von einer Weltgegend festzuhalten, die einen ganz und gar anderen Schwerpunkt hat als die unsere. Hongkong ist bekannt für seine außergewöhnliche Energie. Wenn man vom Balkon auf die beeindruckenden Menschenmengen hinunterschaut, in der jedermann einen festgelegten Grund dafür hat, da zu sein, wo er ist, und sich in einem vorgeschriebenen Muster fortzubewegen, fühlt man sich unweigerlich an das Treiben auf einem Ameisenhaufen erinnert. Von oben betrachtet, erscheint alles absurd unmotiviert und übertrieben, dieses hysterische Hin und Her, und doch scheint jedes winzige Element in der ungeheuren Masse seine Funktion zu haben, wie die Zahnrädchen in einer teuren Uhr.

Man hätte meinen können, eine solche Bevölkerungskonzentration, die ausschließlich der Förderung kommerzieller Interessen vom Bankgeschäft bis zum Glücksspiel gewidmet ist, stünde spirituellen Werten ziemlich gleichgültig gegenüber. Man ist zu beschäftigt. Und doch lauert, dicht am Rande des Gesichtsfeldes, ein spürbarer spiritueller Hunger und eine Wertschätzung für die Dinge des Geistes und der Seele.

Seltsamerweise zeigt sich dies in seiner primitivsten Form, als eingefleischter Aberglaube, tiefverwurzelt wie das Gemurmel eines Medizinmannes auf einer Lichtung im Dschungel. Als der ultramoderne Bau der Bank of China Gestalt annahm, sah man, daß seine zerklüftete Silhouette eine Art rasiermesserscharfen Schiffsbug enthielt, der auf das Government House gerichtet war und dort speziell auf das Büro des Gouverneurs zielte. In diese Tatsache wurde allerlei gespenstischer Symbolismus hineingelesen, speziell im Lichte der Übergabe an China im Jahr 1997, ganz zu schweigen von dem Umstand, daß die Bank of China eine Festlandsinstitution ist. Die erregten Gemüter waren erst besänftigt, als eine Reihe von Bäumen umgepflanzt wurde, um die Emanationen des aggressiven Gebäudes zu blokkieren.

Während meines Auftritts im sehr modernen Theater explodierte am ersten Abend eine elektrische Glühbirne über meinem Kopf. Es geschah, als ich gerade mit einer längeren Anekdote zu Ende kommen wollte, und ich sprach von einem »Pointenkiller«, was mäßiges Gelächter hervorrief. Als ich am nächsten Abend zum Bühneneingang hereinkam, bemerkte ich, daß das Personal hinter den Kulissen in besonders beschwingter Stimmung war. Anscheinend hatte eine Autorität in Fragen der unsichtbaren Kräfte das Theater im Laufe des Tages einem Exorzismus unterzogen. Es sei nun, versicherten sie mir, völlig ungefährlich, hier aufzutreten. Und auch wenn explodierende Glühbirnen im Theater ziemlich selten vorkommen, verliefen die nächsten drei Tage doch tatsächlich ohne Zwischenfälle.

Vielleicht wegen der engen Nachbarschaft zum eigentlichen China, scheint die Trennung zwischen den Einheimischen von Hongkong und den westlichen Elementen schärfer zu sein als in Malaysien, einem Lande, das dünner bevölkert und dem ethischen Einfluß des Islam unterworfen ist, während im Hintergrund ein kräftiger Hauch von britischer Public School bemerkbar ist. Ein fröhliches Schild begrüßt den Reisenden bei seiner Ankunft in Malaysien und macht ihn zugleich warnend darauf aufmerksam, daß Rauschgifthandel mit dem Tode bestraft wird. Bei der Ankunft bat man mich, meinen Paß auszuhändigen, damit man mir eine befristete Arbeitserlaubnis ausstellen könne. Da es in Kuala Lumpur anscheinend keine Theater gibt, war ich genötigt, meinen Auftritt im Festsaal eines Hotels zu absolvieren. Als ich den Paß später zurückbekam, enthielt er folgende Eintragung: »Genehmigung zum Auftritt als Komiker im Concorde Hotel. Sitzen im oder Tanzen mit dem Publikum ist nicht gestattet.« Da mein Auftritt eine One-man-Show ist und da selbst die Einwohner von Hongkong und erst recht ich es sehr schwierig finden, an zwei Orten zugleich zu sein, ist es schwer vorstellbar, daß ich unter den Zuschauern sitze, während ich auftrete, ganz zu schweigen vom Tanzen mit dem Publikum.

Gleichwohl, wo der Hinweis auf das Hängen Bestandteil einer herzlichen Begrüßung ist, schaudert mir doch bei dem Gedanken, welches die Strafe für unerlaubtes Herumsitzen mit dem Publikum sein könnte. Dr. Mahathir, der Premierminister, war so freundlich, mich in der Pause in jenem Raum zu besuchen, der mir als Garderobe bezeichnet worden war, und wir führten ein interessantes Gespräch, aber ich habe den Verdacht, ihm war nicht klar, wie nah er daran war, gegen seine eigenen Gesetze zu verstoßen, indem er überhaupt mit mir redete. Ich kam dem »Sitzen im Publikum« jedenfalls gefährlich nah, obgleich in dem mir zugewiesenen Kämmerchen zum Glück nur Platz zum Stehen war. Da man mir kein Glöckchen umgehängt hatte, um meine soziale Ächtung kenntlich zu machen, war das alles vermutlich gerade noch an der Grenze des Legalen.

Singapur riecht noch stärker nach Public School; es verströmt den Duft beherrschter Opulenz, im Zaum gehalten von einer puritanischen Frömmigkeit im niemals endenden Erziehungsprozeß der Einwohner und Besucher. Man wird hier ebenso herzlich willkommen geheißen wie in Malaysien; Blumengirlanden begrüßen den Neuankömmling. Aber Seite 209 des amtlichen Leitfadens enthält eine im Gegensatz zu dem knappen malaysischen Hinweis auf die Todesstrafe qualifiziertere Auflistung der Bestrafungen.

Nach dem Drogenmißbrauchsgesetz werden hier in Singapur Handel, Herstellung, Import und Export von mehr als 15 g Heroin, 30 g Morphium, 30 g Kokain, 500 g Marihuana, 200 g Haschisch oder 1,2 kg Opium mit dem Tode bestraft. Kleinere Mengen bedeuten Haftstrafen zwischen zwanzig und dreißig Jahren und fünfzehn Hiebe mit dem Rattanstock. Auf unbefugten Handel mit anderen als den obengenannten, kontrollpflichtigen Drogen steht eine Mindeststrafe von zwei Jahren Gefängnis und zwei Stockhieben und eine Höchststrafe von zwanzig Jahren und (machen Sie sich gefaßt) fünfzehn Stockhieben. Das kommt einem beinahe milde vor.

Auf unvorschriftsmäßiges Überqueren der Straße steht ein angemessenes Bußgeld von 50 Dollar, während ihre Verschmutzung mit 1000 Dollar bestraft wird. Das Rauchen in öffentlichen Bussen, Aufzügen, Theatern, Kinos und Behörden erleichtert einen um nur 500 Dollar. Kaugummi ist ebenfalls verpönt; allerdings findet sich für seine mißbräuchliche Verwendung noch keine Strafe auf der Liste. Man kann jedoch zuversichtlich annehmen, daß die Buße für unbefugtes Wiederkäuen irgendwo zwischen Hinrichtung und einem Stockschlag liegen wird; möglicherweise bekommt man beides.

Nichts von dem, was ich hier schreibe, hat irgend etwas zu tun mit den unbezweifelbaren Freuden des Hinderlandes und den wahren Qualitäten der verschiedenen Völker, die diesen Teil der Welt ausmachen. Es geht hier nur um den größeren, gemeinsamen Nenner: um die, die voneinander lernen, indem sie in klimatisierten Büros zusammenhocken und sich Vorschriften ausdenken, um die Konformität zu steigern und den menschlichen Geist wie auf dem Bauernhof in Pferche zu treiben.

In einem malaysischen Fragebogen, den ich vor meiner Ankunft dort erhielt, wurde gefragt: »Was deprimiert Sie am meisten?« Meine Antwort lautete: »Amtliche Dokumente.«

Hellseherische Weisheit?

12. März 1992

Weiche Knie

Was immer es sonst sein mag, ein schmerzendes Knie ist eine verfluchte Last. Ich bin vor fast zwei Jahren eine Wendeltreppe hinuntergefallen, weil die liebe Dame, die für mich sorgt, die Granitstufen gebohnert hatte, und zwar unter dem simplen Vorwand, sie sähen dann besser aus. Da ich fest daran glaube, daß in jedem Mißgeschick ein positives Element verborgen ist, muß ich bekennen, bis zum Zeitpunkt meines Unfalls nicht geahnt zu haben, daß man eine Wendeltreppe mit der gleichen Geschwindigkeit hinunterstürzen kann, die man auch für eine gerade Treppe benötigen würde. Nun, ich habe bewiesen, es geht. Ich habe die scheinbar endlosen Windungen mit der Beschleunigung und der Straßenlage eines Rennwagens hinter mich gebracht und bin innerhalb weniger Sekunden unten auf dem Boden zur Ruhe gekommen.

Die Folge davon ist ein Gefühl der Unsicherheit bei kaltem oder feuchtem Wetter, weiter verschlimmert durch eine One-man-Show, die mir abverlangt, beinahe drei Stunden lang auf der Bühne zu stehen. Nicht, daß das Knie mir handfeste Schwierigkeiten gemacht hätte, aber irgendwie hörte ich doch ein fernes Donnergrollen aus seiner Richtung, mit dem es mir andeutete, daß es mich eines Tages überraschen werde.

Es geschah dann in der erstickenden Hitze von Bangkok. Ich war in Urlaub und daher völlig schutzlos gegen jeglichen Verrat aus dieser Ecke. Ein Auto hupte ungemütlich nah in einer engen Straße voll lächelnder Gentlemen, die falsche Rolex-Uhren feilboten. Ich fuhr herum und verspürte einen jähen, quälenden Schmerz. Das Auto glitt vorüber und hupte weiter ohne besonderen Grund, hauptsächlich aus schlechter Gewohnheit.

Die thailändische Ärztin, eine ehrwürdige Dame mit einer Ausstrahlung von ungeheurer und unbestreitbarer Weisheit, verpaßte mir einen Verband, den ich aber alsbald wieder aufgab, weil er jegliche Kommunikation zwischen meinem Fuß und meinem Oberschenkel blockierte, sowie eine Vielzahl von Pillen, deren jede dazu diente, den gefährlichen Nebenwirkungen der anderen zu begegnen. Die Sache besserte sich, und ich konnte drei Wochen in seliger Ruhe an einem Strand verbringen, der gleichwohl einundsiebzig Stufen weit von unserem Hotelzimmer entfernt war. Ich überwand jede einzelne in beiden Richtungen mit größtmöglicher Umsicht.

Als der Urlaub vorüber war, begann ich in Australien aufzutreten, und nach und nach kehrte der Schmerz zurück. In Hongkong hatte ich Mühe, das Bein überhaupt noch zu bewegen, und eine über die Maßen hübsche Therapeutin wurde zu Rate gezogen. Sie praktizierte Infrarotlicht-Behandlung und ein subtiles Bombardement mit Laserstrahlen, während ich restlos zufrieden dalag und mir vorstellte, ich sei ein Klappenschrank in einer Pension am Meer.

Es kam aber nichts sonderlich Positives dabei heraus, und in Kuala Lumpur betrat ein Arzt mein Zimmer. Sein Name war dermaßen chinesisch, daß er klang wie ein dröhnender

Gong, und er war der erste, der mir beruhigend versicherte, daß ich »kein Wasser auf dem Knie« hätte. Er gab mir einen auf Mauritius hergestellten Verband, dessen Druck auf das Knie verstellbar war. Weitere Salben erschienen, und ich erhielt Pillen, die im Notfall einzunehmen waren. Da ich mir einen Notfall, der nicht noch schlimmer werden könnte, ehe er die äußersten Grenzen des Extremen erreicht, nicht vorstellen kann, habe ich sie nie eingenommen.

In Singapur speisten wir mit einem weltberühmten Chirurgen, der zufällig ein persönlicher Freund von mir ist. Der Wunsch, mir zu helfen, vermischt vielleicht mit ein wenig Neugier, veranlaßte ihn, mein Bein im Salon eines vornehmen Clubs diskret zu untersuchen. Unter den hochfahrenden Blicken ehemaliger Präsidenten benahm mein Knie sich ziemlich gut. Die Notfallpillen betrachtete mein Freund mit Stirnrunzeln; sie seien alte Hüte, behauptete er, und gefährlich für den Magen überdies. Er fuhr bei der Klinik vorbei und gab mir für jenen äußersten Notfall andere Pillen, die ich aber auch nie eingenommen habe.

Wieder in der Schweiz, begab ich mich geradewegs zu einem Arzt, der auch Osteopathologe ist; ich wollte versuchen, das Problem ein für allemal bei der Wurzel zu packen. Er legte mich auf einen Tisch von der Größe einer Koje im Mannschaftsquartier eines japanischen Vorkriegsfrachters. »Was ich hier mit Ihnen mache, wird entweder funktionieren oder nicht«, sagte er mit lobenswerter Objektivität und begann mein Bein zu kneten, als wäre er ein Bäcker. Ich zuckte zusammen und versuchte, mich seinem allzu direkten Druck zu entziehen, aber auf einem Tisch, über dessen Kanten ich zu allen Seiten herunterhing, war das nicht so einfach.

Nach einer Weile forderte er mich auf, mich auf den

Bauch zu legen, und da die Natur mich in puncto Zierlichkeit nicht eben großzügig ausgestattet hat, wäre dieses Manöver beinahe in einem Sturz geendet, der doppelt so gefährlich war wie die kleine Bagatelle auf der Wendeltreppe. Nach dieser Behandlung fühlte mein Knie sich nicht mehr an wie eine alte Wunde, an die ich mich würde gewöhnen müssen. Um zu resümieren, was alle diese hochkompetenten und unabhängigen Autoritäten mir erklärten: Es kommt wesentlich darauf an, zwei große und komplementäre Wahrheiten, die Unfälle dieser Art prägen, zu akzeptieren und dementsprechend zu handeln.

Erstens, keine Medizin der Welt ist ein Ersatz für völlige Ruhe und – soweit möglich – totale Bewegungslosigkeit. Zweitens, im Rahmen der Bewegungslosigkeit muß ein Weg gefunden werden, die Bewegung fortzusetzen. Gehen, Gymnastik, Schwimmen sind unentbehrlicher Bestandteil des Heilungsprozesses und müssen den von der Logik diktierten Erfordernissen des Stilliegens mit Umsicht beigefügt werden.

Letztendlich obliegt in unserem hochtechnisierten Zeitalter die Entscheidung immer noch dem Instinkt des Patienten. Für alle Zeit dahin ist die olympische Selbstversicherung, die wir noch vor fünfzig Jahren kannten. In jenen längst vergangenen Tagen war der Hausarzt ein Orakel, dessen Weisheit in alle Seitenpfade der Medizin hineinreichte und dessen Urteil ohne jede Frage akzeptiert wurde. Selten war es notwendig, ein zweites Gutachten oder den Rat eines Spezialisten einzuholen, zumal bei einer so simplen Sache wie einem Knie. Man hatte das Bett zu hüten und dem beschädigten Stoßdämpfer Ruhe zu gönnen, und er werde am Mittwoch morgen wieder hereinschauen. Wenn man dann zufällig am Dienstag starb, war das eben Pech. Sein

Terminkalender war es, der zählte, nicht etwa die Verabredung mit dem Schicksal.

Heutzutage hat sich das Wissen in einem Maße erweitert, daß sowohl Patienten als auch Ärzte nervös werden. Je mehr wir wissen, desto mehr gibt es noch zu wissen. Die heitergelassene Haltung am Krankenbett ist dahin, und an ihre Stelle ist ein endloses Kompendium von Zweifeln getreten, die Patienten und Ärzte miteinander teilen. Die Diagnose ertrinkt in einer Flut von alternativen Möglichkeiten. Der Fachmann sagt nicht mehr: »Hiervon jeweils zwei nach dem Essen, und zwar bis auf weiteres.« Heute zieht er ein kleines Fläschchen hervor und kann dabei nur noch sagen: »Wir versuchen es mal mit denen hier. Ich gebe Ihnen vorläufig sechs Stück. Und jetzt hören Sie aufmerksam zu: Sollten Sie im Laufe der Nacht einen Blutsturz bekommen, setzen Sie die Behandlung sofort ab, und rufen Sie mich an, ganz gleich, wie spät es ist!«

Die Ungewißheit hat Schritt gehalten mit der technologischen Brillanz, und das bedeutet vielleicht, daß die Zivilisation sich der Reife nähert. Während ich dies schrieb, habe ich bewegungslos dagesessen. Mein Knie fühlt sich ganz normal an. Aber was geschieht, wenn ich mich bewege?

26. März 1992

Anfang und Ende der Nächstenliebe

Die Welt der Barmherzigkeit ist ohne jedes Verhältnis zur Entwicklung der Bevölkerungszahlen oder der Technologie gewachsen. Unzählig sind die guten Werke, die den Bürger mit dem Anspruch zu löchern scheinen, daß dieses oder jenes Übel oder Gebrechen vorrangige Aufmerksamkeit vor allen anderen genieße. Oft wird diesem Anspruch mit Zeitungsanzeigen Nachdruck verliehen, die uns beispielsweise bemitleidenswerte geriatrische Fälle vor Augen führen, die um einen Bruchteil unseres Verständnisses zu flehen scheinen, oder rundbäuchige Babys auf dem Schoß tragisch blickender, ausgemergelter Mütter, die uns mit leiderfüllten Augen durch Fliegenschwärme hindurch anstarren. Diese Fotografien wirken auf unser Feingefühl, bis ein derartiger Anblick alltäglich wird und die Werbefachleute nach anderen Wegen suchen, unsere Aufmerksamkeit in Anspruch zu nehmen.

Nach dem anfänglichen Schock hat das Grauen die Eigenschaft, unsere Sinne in einem solchen Ausmaß zu betäuben, daß das unverhoffte Auftreten eines glücklichen Kindes in einer Werbeanzeige möglicherweise genauso wirkt, wie es das Bild des sterbenden Kindes tat, bevor die Gewohnheit ihren Tribut forderte.

Es gibt natürlich viel mehr gute Zwecke, als durch private

Mittel gefördert werden können. Ich brauche nur meine eigene Post in Augenschein zu nehmen, um festzustellen, daß an die zehn Prozent der Briefe, die ich bekomme, mein Herz zu rühren versuchen, ein Gefühl historischer Kontinuität heraufbeschwören oder auch an mutmaßliche Vorlieben in meinen Prioritäten appellieren.

Alle diese Zwecke sind ehrenwert. Manche sind natürlich ehrenwerter als andere, wenngleich ich nicht zu sagen wüßte, welche hier welche sind. Ich wünschte, ich könnte alle zufriedenstellen, die mich durch die Post beim Revers packen, doch leider übersteigt das die Fähigkeiten eines einzelnen. Aber würden sich diese enormen Anstrengungen überhaupt auf den einzelnen richten, wäre da nicht das Versagen des Kollektivs, die Nachlässigkeit der Regierungen, die die zur Verfügung stehenden Ressourcen für Wichtigeres als bloßes Unglück aufsparen?

Gelegentlich erhebt sich aus dem Dunkel so schlimmer Ereignisse wie der Unruhen in Los Angeles ein Bild von so atemberaubender Klarheit, daß es sein Thema beleuchtet. Hier gab es eine so jähe, so gewalttätige Revolte, daß die Regierung sich genötigt sah, Position zu beziehen und Geld auszugeben. Sie entsandte viertausend Soldaten zur Erinnerung daran, wer letzten Endes die Knute in der Hand hält, und sie versicherte denjenigen, die bereits gelitten hatten, daß dieses Unrecht ein Ende haben werde. Hier handelte es sich um etwas Schlimmeres als einen Akt Gottes, der die Notleidenden eint. Hier handelte es sich um einen Akt des Menschen, der in Zwietracht anfängt und endet. Einige halten das Rassenproblem für den Ausgangspunkt des Konflikts; andere sehen darin die Konsequenz der zahlreichen Ungerechtigkeiten in einer Gesellschaft, die von den Gewinnern als frei bezeichnet wird. Gewiß gehören die Freiheit zu verhungern, die Freiheit zur Obdachlosigkeit und die Freiheit, auf dem Gehweg zu sterben, zu den zusätzlichen Vorteilen einer Zivilisation, die süchtig nach Wachstum und Profit ist.

Niemand, der bei Sinnen ist, würde Amerika seinen enormen natürlichen Reichtum und die anscheinend unerschöpfliche Fähigkeit, sein Potential zum Vorteil zu wenden, mißgönnen. Aber das Ausmaß verzweifelter Armut in einem so reichen Lande muß doch Gegenstand der Scham und der Gewissensprüfung für all jene sein, die der Glaube, Habgier sei gut für sie, noch nicht völlig verhärtet hat.

Was den Maßstab der Mildtätigkeit angeht, so sind die Amerikaner eine Gegenstandslektion für alle anderen. Sie sind großzügiger als wir übrigen, aber sie können sich auch selbst in schlechten Zeiten leisten, großzügiger zu sein. Das heißt, bis die Ereignisse das Kommando übernehmen und die Regierung zwingen, Stellung zu beziehen. Ich habe eben von einem Bild gesprochen, in dem sich die Ereignisse kristallisieren – wie sich in dem rundbäuchigen Baby der Hunger der Sahelzone symbolisiert –, aber vielleicht noch zwingender. Ein Schweizer Journalist, der in Los Angeles müde zwischen Feuer und Zerstörung umherstöberte, stieß auf einen kleinen Jungen, der bitterlich weinte. Unter solchen Umständen ist es normal, das Schlimmste zu befürchten. Hatte der kleine Junge seine Eltern verloren, oder – schlimmer noch – hatte er mit angesehen, wie sie ermordet wurden? Von banger Erwartung erfüllt, fragte der Schweizer Journalist den Kleinen, was passiert sei. Immer noch schluchzend, sprudelt das Bürschchen hervor: »Jedesmal, wenn ich einen Fernsehapparat aus dem Laden schleppe, kommt ein Erwachsener und klaut ihn.«

Das sagt alles. Man mag von Rassenunruhen reden, wenn es einem paßt, oder einfach von einem Aufstand der Unterprivilegierten. Sicher enthielt der ursprüngliche Impuls solche Elemente, aber schon bald hat sich daraus jene genußvolle Hysterie entwickelt, die wir beim Fußballpublikum erlebt haben oder bei den jungen Kretins, die Autos stehlen, um sie zu Schrott zu fahren. Und wie wird der kleine Junge im Schatten solcher Erinnerungen aufwachsen? Auf alle Fälle wird er den tiefen Groll eines ehrlichen Plünderers mit sich herumschleppen, der von Größeren und Gröberen als er selbst um seine Einkünfte gebracht wurde. Sein Gerechtigkeitssinn ist vielleicht noch intakt, aber er gilt anderen Werten. Und es steht zu befürchten, daß er später, wenn er seine Mordserie begangen hat – denn dies ist, wie das Plündern, heute modern –, nach vielen Jahren kleingedruckter Bürokratie in die Gaskammer wandern wird, bis zum Ende erfüllt von erbittertem Groll gegen eine Gesellschaft, die so fundamental korrupt ist, daß sie den Großen und Starken den Vorzug vor den Kleinen und Hilflosen gibt.

Wo endet individuelle Barmherzigkeit, und wo ist das Kollektiv zur Übernahme genötigt? Hat der potentiell verdrehte Verstand dieses kleinen Jungen keinen Anspruch auf unsere Aufmerksamkeit, neben den Hospizen für Sterbende und solchen, die vom Wüten grausamer Krankheiten auf das Dasein bloßen Unkrauts erniedrigt wurden – oder den tausendundeinen ehrenwerten Anliegen, die uns rund um die Uhr durch den Briefkastenschlitz erreichen? Es gibt bereits bemerkenswerte Individuen in überraschender Zahl, die mehr als das Ihre tun, um das Leid zu lindern und ein Gefühl der Brüderlichkeit zwischen den Gepeinigten und denen zu schaffen, die sich ihres Glücks, gesunde Gliedmaßen zu haben, bewußt sind. Und es gibt Organisationen, die aus der historischen Unfähigkeit der Regierungen, Verantwortung zu übernehmen, entstanden sind.

Das Rote Kreuz wuchs aus der Inspiration eines Individuums, angeekelt vom Anblick der Schlachten in den Zeiten Napoleons. Les Medecins sans Frontieres, Greenpeace, Amnesty International – sie alle haben mit dem scheinbar etwas verrufenen Image des Einzelgängers angefangen und im Laufe der Zeit nicht nur Ansehen, sondern Autorität gewonnen. Inzwischen ist es unmöglich, sich die Gesellschaft von heute ohne solche von der Not aufgeworfenen Erfordernisse vorzustellen. Was also ist mit all den anderen und mit jenem kleinen Überlebenden der Unruhen in Los Angeles, der verbittert und mit leeren Händen dastand? Der Anblick der Toten, durchnäßt von Feuerwehrschläuchen oder von auslaufendem Benzin in der roten Nacht von L. A., oder jener Leichen in Unterwerfungshaltung hingestreckt im strahlenden Sonnenschein von Bosnien, niedergemäht inmitten eines gebrüllten Befehls oder eines kameradschaftlichen Grußes, dieser Anblick ist zutiefst traurig und deprimierend. Aber der Geist ist ebenso zerbrechlich wie der Körper, und sein Tod vollzieht sich unsichtbar.

Was kommt als nächstes? Ein paar fromme Platitüden von Mr. Bush über das, was er und Barbara dabei empfinden? Mr. Clintons entschlossener Vorsatz, daraus kein politisches Kapital zu schlagen, der sich durchaus wie politisches Kapital anhört?

Wie können sie so kurz vor einer Wahl ernsthaft verstehen, worum es geht, oder einschätzen, was nötig ist? Und wie können sie es in der Wärme der Schonzeit nach der Wahl einschätzen? Und später haben sie dann leider an anderes zu denken, nicht zuletzt an die nächste Wahl.

Letzten Endes liegt es wie immer beim einzelnen. Man bücke sich und nehme die Post von der Fußmatte. Dieser Umschlag sieht ebenso düster aus wie die anderen. Nur Mut!

14. Mai 1992

Die Guten und die Großen

Es gibt Augenblicke im Leben, da das schweifende Auge und das vagabundierende Ohr per Stubenarrest zu einer erzwungenen Neubewertung ihrer Fähigkeiten genötigt sind und der Geist in einem Augenblick der Wahrheit, die den Blick zu beinahe unerträglicher Klarheit schärft, von allem Unwesentlichen läutern wird. Ich habe im Leben mehrere solche Augenblicke erfahren. Die Geburt eines jeden Kindes bringt die Tatsache ins Bewußtsein, daß nichts je wieder ganz so sein wird wie vorher. Ein neues Element ist zu berücksichtigen, ein neuer Charakter wird sich bilden im Schutze des Nestes, um schließlich in den Überlebenskampf einzutreten – gewappnet, hoffe und hoffte ich, mit ein paar elterlichen Tugenden und nicht behindert von allzu vielen elterlichen Lastern.

Auf einer völlig anderen Ebene war auch der Ausbruch des Krieges ein solcher Augenblick. Die erste Sirene, die über einem noch immer mit den zaghaften Aktivitäten des Friedens vermählten London heulte, war derart unwirklich, daß die Menschen, denen man geraten hatte, in den Keller zu gehen oder wenigstens unter dem Tisch Schutz zu suchen, auf den Balkon hinaustraten, um die neuesten Entwicklungen abzuwarten. Es war falscher Alarm, erinnere ich mich, wie so viele andere. Der echte Alarm brach oft über uns herein, ehe wir uns versahen, obgleich der griechische Sirenenchor unser ständiger Begleiter in der langen, dunklen Nacht wurde.

Es gab einen Handzettel, der den Menschen einschärfte, was im Falle eines Senfgasangriffs zu tun sei. Man riet uns, die Opfer so schnell wie möglich aus der betroffenen Gegend zu entfernen. Wie blutige Laien wissen sollten, wo die Grenzen einer betroffenen Gegend lagen, wurde nirgends erwähnt, und es wurde auch nicht angedeutet, welchen Schutz man benötigte, um eine solche Gegend zu betreten, sofern sie einmal so lange stillhielt, daß man sie erkennen konnte. Alles, was der Handzettel preisgab, war der Ratschlag, man solle den Opfern dieser widerwärtigen Waffe eine Tasse heißen, süßen Tees spendieren.

Die Lektüre dieses Handzettels war auch so ein Augenblick der Klarsichtigkeit, in dem für mich plötzlich offenkundig wurde, daß die Welt ihre Gangart wechselte und sich statt mit majestätischem Schritt nun mit einer überstürzten, scheußlichen Hast vorwärtsbewegte, bei der menschliche Werte und elementarer Anstand roh niedergewalzt werden würden; an die Stelle des heißen, süßen Tees würde Säure treten, die Konversation würde der schrillen Sophisterei weichen, und die Sphärenmusik würde von Sturzbombern übernommen werden.

In jenem Moment war der Blick auf das unerträglichste geschärft. Das jüngste Vorkommen einer derart greifbaren Stille in der Landschaft des Geistes ergab sich letzte Woche, als ich die große Ehre hatte, in den Rang eines Kanzlers der Universität Durham erhoben zu werden. Ich kannte die vorige Kanzlerin, Margot Fonteyn, weil ich viele ihrer Ballettschuhe für »Dornröschen« im Jahre 1938 angemalt hatte. Ich hatte buchstäblich ihre Schuhe in der Hand gehalten, bevor ich nun wagte, meine täppischen Füße auf einen Boden zu setzen, der ihre anmutigen Spuren trug. Daß es eine große Verantwortung war, wußte ich im voraus, aber ich konnte nicht ahnen, wie machtvoll die Atmosphäre des Ortes selbst sein würde. Jetzt, da es vorüber ist, kann ich zugeben, daß ich meine formelle Ansprache nach der Gewandprobe in der Kathedrale aufgegeben habe, nachdem ich der magisch warmen Atmosphäre eines Ortes ausgesetzt gewesen war, der kraft seiner gotischen Pracht so leicht kalt hätte bleiben können.

Der Chorgesang, die Fanfaren unterschiedlicher Blechblasinstrumente, die klare Mensur der Orgel, das alles trug dazu bei, die alten Steine mit Leben zu erfüllen und eine Umgebung für das Ritual zu schaffen, das zugleich majestätisch und wunderbar zugänglich oder, wie ich es ausdrückte, menschlich und übermenschlich zugleich war. Die ganze kurze, beinahe knappe Angelegenheit war von einer Ausgewogenheit, die mir wieder einmal einen geschärften Blick ins Bewußtsein rief. Die Wertschätzung der Vergangenheit verleiht einer Vision der Zukunft Glaubwürdigkeit und Zuversicht.

Bei einem kürzlichen Aufenthalt in Hongkong war ich bereits vom Ehemaligenverband der Universität Durham zum Essen eingeladen worden. Es waren neunundsiebzig Mitglieder, und was sie über die Stätte zu sagen hatten, war ebenso bewegend wie unerwartet und ausnahmslos von Zuneigung geprägt. Dieser Vorgeschmack wurde in der Universität selbst bestätigt.

Ich will nicht einen Moment lang andeuten, daß solche Eigenschaften nicht auch an anderen Orten der Gelehrsamkeit zu finden sind. Ich habe schließlich nur mit zweien meine Erfahrungen, mit Durham und mit Dundee, wo ich vor gut zwanzig Jahren Rektor war, seitdem aber ein paarmal gewesen bin. In beiden Universitäten ist mir aufgefallen, wie reif und individuell die Studenten sind. Das muß ich heute noch eher sagen als in den schwindelerregenden sechziger Jahren, da Graffiti die Beredsamkeit des Augenblicks waren.

Ein Student fragte mich letzte Woche, warum ich einen Ehrentitel an Alexander Jakowlew verliehen hätte, der von dem ausgezeichneten Universitätssprecher als Architekt von Glasnost gepriesen wurde und heute noch Berater von Boris Jelzin und eine Vatergestalt der aufstrebenden russischen Demokratie ist.

Da der Sprecher gesagt hatte, er sei der Sohn eines Mannes in äußerst bescheidenen Verhältnissen und seine Mutter könne weder lesen noch schreiben, antwortete ich ein wenig derb, dies sei genau die Art von Mann, die eine Universität ehren und der sie ihre Wertschätzung als beispielhaftem Mitglied der Menschheit zueignen solle. Daraufhin tadelte der Student mich sanft und erklärte, er sei wohl einverstanden mit meiner Geste, wolle aber wissen, wieso ich seine Meinung teile. Ach, die erlernten Verhaltensmuster! Wie oft setzt man voraus, was gar nicht der Fall ist!

Die zur Verleihung der Ehrendoktorwürden Auserwählten waren in meinen Augen eine perfekte Mischung für diesen freudigen Anlaß. Glenda Jackson mit ihrer ruhigen Entschlossenheit am Vorabend ihrer zweiten Karriere im Theater des Parlaments. Leon Davico, ein alter und unermüdlicher Kollege bei Unicef, UNESCO und der Hochkommission für Flüchtlinge, der eben von einer Hilfsmission nach Sarajevo zurückgekehrt war. Und natürlich Terry Waite, dieses Wunder menschlicher Ausdauer und unnachgiebiger Würde, Besitzer eines überaus ansteckenden und beunruhigenden Lachens, das seine Kerkermeister kaum unberührt gelassen haben dürfte.

Alle vier neuen Doktoren haben stets ihren Grundsätzen und ihrem Wertgefühl entsprechend gelebt, und mit ihrem Geist sind sie eine Zierde für die Universität. Jetzt, da es vorüber ist, mildert sich die Schärfe des Blickes wieder. Andere Fakten des Lebens drängen herein. Und dennoch kann ich niemals einen Tag vergessen, an dem das alles so klar erschien. Und das Wichtigste ist, ich kann ihn, wann immer ich will, im Geiste noch einmal erleben.

21. Mai 1992

Das Recht, Waffen zu tragen

Wie jedermann weiß, hat Amerika soeben ein Erlebnis hinter sich gebracht, das für ein kleineres oder straffer organisiertes Land traumatisch gewesen wäre; hier drüben aber haben die Dinge die Angewohnheit, in den Hintergrund des Geistes zu treiben.

Sie haben sogar einen Ausdruck für Probleme, die zwar dringend, aber nicht so dringend sind wie das Geschäft des Lebens. Sie sagen, sie kochten auf der hinteren Platte – ein kulinarisches Bild, das ebenso anschaulich wie zuweilen deprimierend sein kann.

Ben Hecht, der berühmte Journalist, hat einmal gesagt, die Zeitung von heute, so bewegend und anschaulich sie auch sein mag, tauge morgen doch nur noch zum Einwickeln von Fisch.

Die Menschen vergessen, sowie sich im mindesten Gelegenheit dazu bietet, und Schlagzeilen sind Eintagsfliegen. In einem Land, das in jeder Hinsicht auf die neuesten technischen Entwicklungen schwört – darunter das Kabelfernsehen mit einer Auswahl von sechzig Programmen im Raum Chicago –, darf sich niemals so viel Dampf aufstauen, daß das Gleichgewicht halbwegs wohlhabender Bürger gestört würde.

Es gibt eine solche Fülle von Zeitungen, daß es einem

arbeitenden Menschen regelrecht unmöglich ist, mehr als einen Bruchteil davon zu lesen. Diese Unmenge von Bildern und Informationen ebenso wie der ziemlich freundlichen Leitartikelei führt zu einer Mentalität, die so unkritisch wie oberflächlich ist. Natürlich gibt es solche, die mit tiefer Sorge sehen, wie die Ereignisse auf etwas zutreiben, das sie als unausweichliche und dramatische Krise im Leben der Großstädte betrachten, aber sie erfüllen den Äther so sehr mit ihren Jeremiaden und grausigen Warnungen vor dem, was zwangsläufig geschehen werde, wenn man nichts unternimmt, daß es jederzeit unterhaltsamere Kanäle gibt, auf die man umschalten kann, und so bleiben diese Stimmen allgemein ungehört in der Flut der munteren Talk-Shows und lukrativen Spiele.

Nach europäischen Maßstäben gibt es hier zu viel von allem, als daß noch irgend etwas den Geist länger als einen Augenblick fesseln könnte. Natürlich haben die Unruhen in Los Angeles die Amerikaner noch mehr erschreckt und beunruhigt als uns; aber die Antwort auf die Frage, was geschehen müsse, um die Probleme der Ungleichheit zu lösen, kristallisiert sich allmählich zu einem wohligen Nichts.

Man sieht den Präsidenten, wie er die Verheerungen mit ernster Miene in Augenschein nimmt, und das mag jene überzeugen, die eine ernste Miene immer noch mit Sorge gleichsetzen, aber die Schaffung von Unterausschüssen und selbst von Task forces ist letzten Endes ein bloßes Lippenbekenntnis mit Rücksicht auf die Ängste des Publikums, und mit den Fotos der Feuersbrunst von gestern wickelt man heute den Fisch ein.

In Wahrheit glauben viele, daß solche Ausbrüche von Raserei, entfacht durch das mittlerweile berüchtigte Amateurvideo, in dem ein Schwarzer von den Schlagstöcken der

Polizei mißhandelt wird, und durch den nachfolgenden Freispruch der Polizisten durch eine überwiegend weiße Jury, nur eine oberflächliche Hauterkrankung der Gesellschaft seien, nicht etwa ein schweres inneres Leiden – ein Ekzem, aber kein Tumor. Und sicher läßt es sich deuten als isolierten Ausbruch in einer dem Streben nach Glück verpflichteten Gesellschaft, die bis an die Zähne bewaffnet ist und allzuoft ins Kreuzfeuer des Bandenkriegs gerät.

Die fragwürdigen Waffengesetze ergänzen ohne Zweifel die Mehrdeutigkeiten einer sakrosankten Verfassung, die so unermüdlich angerufen wird, um die Rechte des einzelnen zu definieren. Die Gründerväter haben beschieden, daß jeder Mann das recht habe, zu seiner Selbstverteidigung Waffen zu tragen, aber dabei dachten sie in den Kategorien von Steinschloßpistolen, bei denen das Laden nach dem ersten wuchtigen, aber ungenauen Schuß eine geraume Zeit in Anspruch nahm. Diese weisen Männer, das muß man fairerweise sagen, haben nicht an Maschinenpistolen und Panzerfäuste als Instrumente der Selbstverteidigung gedacht, und es ist pure Heuchelei, wenn man die Dschungelgesetze von heute ihrer Voraussicht zuschreiben will.

Tatsächlich waren die Augenzeugen der Unruhen von Los Angeles einmütig in ihrem Entsetzen über die Zahl der Schußwaffen, die sich anscheinend in privaten Händen befinden. Die Banden selbst sind himmelweit entfernt von den Gangstern der Prohibitionsära, den Mafiosi mit ihren Investitionen in Glücksspiel und Prostitution. Sie gibt es sicher auch noch, aber sie haben sich eine falsche Patina der Zurückhaltung und Anständigkeit zulegen können.

Die Banden von heute bestehen aus unterprivilegierten jungen Menschen beiderlei Geschlechts, die sich selbst eine seltsame Disziplin und Loyalität auferlegen, wie sie sie in ihren zerbrochenen oder unbeständigen Familien nie haben genießen können. Auf die traurigste mögliche Art versuchen diese jungen Leute, sich zu einer Art Normalität zurückzukämpfen, und sie greifen zu schrecklichen und willkürlichen Mitteln. Und auf diesem Gebiet, wo Verständnis und Mitgefühl verzweifelt benötigt werden, begegnen ihnen nur die Brachialmethoden einer oftmals diskreditierten Polizei.

Manche hat es überrascht, daß die koreanische Community möglicherweise das Hauptziel für das Wüten der afroamerikanischen und hispanischen Randalierer war. Die Koreaner sind relativ neu im berühmten *Melting pot* der Vereinigten Staaten. Die Nachkommen der afrikanischen Sklaven haben sich nach und nach aus der ursprünglichen Erniedrigung zu ihrem heutigen Status erheben können; sie stellen in vielen Großstädten den Bürgermeister und bereichern das öffentliche Leben mit herausragenden Persönlichkeiten und erfolgreichen Geschäftsleuten. Die Vorurteile existieren, wenn auch inzwischen großenteils unausgesprochen, immer noch, was die Massen angeht, wenngleich die Elite heute nicht mehr die gleiche Verstocktheit an den Tag legt, wie sie noch vor einem Vierteljahrhundert vorherrschend war.

Als Nation sind die Vereinigten Staaten erfolgreicher gewesen, als selbst die kühnsten Erwartungen der Optimisten sie haben hoffen lassen, und auch wenn die Rassenbeziehungen keineswegs vollkommen sind, hat man doch unbestreitbar eine Menge Gutes und Positives erreicht. Die Hispanics sind seit den Wachstumsschmerzen der Anfangstage Bestandteil der Szenerie, seit die Vereinigten Staaten Texas erwarben und ihre Strafexpeditionen nach Mexiko unternahmen.

Verglichen mit diesen eingeborenen Minderheiten, sind die Koreaner Neuankömmlinge ohne Komplexe. Sie nutzten den Vorteil des Neuen und verstanden das System, das in ihrer neuen Heimat herrschte, akzeptierten es und beuteten Aspekte davon aus, die von den eingeborenen Amerikanern vernachlässigt worden waren.

Obst- und Gemüseläden, die die ganze Nacht über geöffnet waren, schossen allenthalben aus dem Boden, befriedigten einen Bedarf und brachten diesen neuen Kapitalisten erst Wohlstand und dann Reichtum. Und schließlich hatten sie das System so gut verstanden, daß sie auf dem freien Markt ein reichliches Waffenarsenal erstanden, um ihren *way of life* zu schützen.

Fiktion und Realität mischen sich unaufhörlich auf sechzig Fernsehkanälen. Gebe der Himmel, daß dieses unermeßliche Land nicht allzuoft Wahrheit und Halbwahrheit vermischt, Gerechtigkeit und Prozeßhändel, Patriotismus und Chauvinismus. Um unser aller willen.

28. Mai 1992

Der Preis des Verzeihens

Es ist unmöglich, den Wert eines Menschenlebens zu nennen. Er scheint zu variieren, abhängig von Region, Tradition und dem Bewußtsein sich wandelnder Werte.

Ich muß sagen, es ist eine unangenehme Überraschung, vorübergehend in einem Land zu arbeiten, das die Todesstrafe für sogenannte Kapitalverbrechen weitgehend beibehalten hat. Ich bin das diskrete Grauen nicht mehr gewöhnt, das dieser Beigabe zur Lebensqualität eignet, in einer Kultur, die sich selbst als zivilisiert erachtet.

Ich will meine Karten offen auf den Tisch legen. Ich glaube nicht, daß ein Land, das sich derart primitive Lösungen für ein uraltes Problem erhalten hat, die Bezeichnung »zivilisiert« verdient. In diesem Sinn sind die Vereinigten Staaten, ein gigantisches Land mit einem gemeinschaftlichen, abstrakten Traum, immer noch weitgehend unzivilisiert und zurückgeblieben. Von fünfzig Staaten haben nur elf der Endgültigkeit dieser tödlichen Rechtsprechung abgeschworen.

Wenn ich von primitiven Lösungen – im Plural – spreche, dann deshalb, weil es viele alternative Möglichkeiten gibt, in den USA hingerichtet zu werden, je nachdem, in welchem Staat man sein Verbrechen begangen hat. Die Mehrzahl bevorzugt heutzutage tödliche Injektionen, wenngleich auch der elektrische Stuhl noch immer seine Befürworter findet; während man sich in Idaho theoretisch eines Erschießungskommandos bedient, findet das Aufhängen Gefallen in Montana, Washington State und Utah. Drei Staaten, darunter Kalifornien, lassen sich vom Nazi-Alptraum inspirieren und votieren für die Gaskammer.

Seit öffentliche Hinrichtungen abgeschafft wurden, vermutlich weil sie die morbide Seite der menschlichen Natur in Erregung versetzten, hat man diese abscheulichen Vernichtungszeremonien unter den Teppich gekehrt und vollzieht sie in gespenstischer Isolation lediglich in Anwesenheit einer Handvoll Behördenvertreter. Mittlerweile aber dringen sie schleichend wieder an die Öffentlichkeit: eine Folge des Informationszeitalters, in das wir eingetreten sind.

Heute sehen wir den eigentlichen Augenblick des Todes nicht. Das mag aber durchaus noch kommen, angesichts der Unaufhaltsamkeit, mit der die Unterhaltung in sämtliche Verzweigungen des öffentlichen Lebens einmarschiert, Politik und Religion eingeschlossen – und wenn erst das ganze öffentliche Leben Showbusineß ist, warum dann nicht auch der öffentliche Tod?

Einstweilen aber bewirtet man uns nur mit dem, was bis zur tödlichen Sekunde führt. Vor kurzem erst wurde ein junger Mann namens Roger Coleman in Virginia hingerichtet. Bis zum letzten Augenblick traten einflußreiche Medien mit äußerster Energie für ihn ein. Die Zeitschrift TIME brachte ihn aufs Titelbild. »Dieser Mann könnte unschuldig sein«, stand da. »Dieser Mann soll sterben.« Der vier Seiten lange Leitartikel verstand es überaus wirkungsvoll, angesichts des Indiziencharakters sämtlicher Beweise Zweifel an dem Fall zu wecken, und gleichzeitig wies er auf zahlreiche

Unregelmäßigkeiten oder potentielle Unregelmäßigkeiten hin.

Wenn es auch nur den Hauch eines Zweifels gibt, warum dann diese Eile bei einer unumkehrbaren Entscheidung, nachdem man zehn Jahre hat warten können, während die verschiedenen Revisionsmöglichkeiten ausgeschöpft wurden?

Die Antwort liefert möglicherweise eine andere Meldung in derselben Zeitschrift: Das Oberste Gericht schränkt die Möglichkeiten der Revision für die Insassen der Todeszellen ein. Die Richter haben entschieden, daß die Bundesgerichte nicht länger verpflichtet sind, Revisionsanträge zu verhandeln, selbst wenn der Häftling nachweisen kann, daß sein Anwalt versäumt hat, wichtige Fakten vorzulegen. Dies scheint einen gewissen Überdruß an einem gewaltigen und komplizierten Rechtssystem zu signalisieren, in dem über zweitausendfünfhundert Gefangene wie Taxen an einem Taxistand Schlange stehen und warten, bis sie an der Reihe sind, zu sterben.

Eine weitere Erwägung in dieser schrecklichen Unordnung muß den enormen Kosten gelten, die man aufwenden muß, um solche Leute am Leben zu erhalten und ihren endlosen Berufungsanträgen zu lauschen, in einem System, das den Versuch unternimmt, unerschütterliche Menschlichkeit mit unbeugsamer Festigkeit zu verbinden. Es scheitert in beiderlei Hinsicht. Man kann die Wahrheit keiner zeitlichen Begrenzung unterwerfen, und ebensowenig kann man die Rechtswohltat des Zweifels mit Gewalt unterbinden. Und mittlerweile richtet sich der Revisionsappell an die Öffentlichkeit, nicht mehr bloß an die juristischen Experten.

Mr. Coleman erschien in der Woche vor seiner Hinrichtung regelmäßig im Fernsehen. Bald konnten wir ihn wiedererkennen, und wir begannen seine einzigartige und entsetzliche Not zu verstehen. Beinahe nachlässig beteuerte er seine Unschuld, und er sprach von den Gründen, weshalb er unmöglich der Schuldige sein könne. Ohne alle Einzelheiten des Prozesses zu kennen, wäre es blanke Leichtgläubigkeit gewesen, sich von seiner Geschichte überzeugen zu lassen; aber das, was er sagte, und vor allem die Art, wie er es sagte, hatte doch Hand und Fuß und nötigte zur Aufmerksamkeit.

Mehr jedenfalls als die Zurückweisung des Revisionsantrags durch Gouverneur Wilder von Virginia, der von der Sonne geblendet auf einer Rasenfläche stand und mit dumpfer Eintönigkeit von seinem Wunsch redete, unter derartigen Umständen menschlich zu sein.

Mit meiner europäischen Zimperlichkeit, das gebe ich zu, hatte ich am Abend der Hinrichtung Mr. Colemans Mühe, mich auf der Bühne zu konzentrieren. Ich schaute immer wieder auf die Uhr. Ich erwartete einen Gnadenerlaß. Er kam nicht. Mir war, als hätte ich ihn gekannt, als hätte ich ihn in einer Menschenmenge wiedererkannt. Und dann erinnerte ich mich an mein äußerst langes Telegramm an Sir David Maxwell-Fyfe, den britischen Innenminister zur Zeit des Mordfalls Bentley. Darin legte ich die Gründe dar, weshalb es durchaus falsch sei, einen jungen Mann namens Bentley zu hängen, weil er angeblich einen Minderjährigen durch seinen Zuruf ermutigt habe, einen Polizisten zu erschießen. Ich hatte weder Einfluß auf den Urteilsspruch, noch erhielt ich von Sir Davids Büro wenigstens eine knappe Bestätigung für mein inbrünstiges Plädoyer. Jetzt, viele Jahre später, hat man Bentley postum von aller Schuld freigesprochen. Es war ein Fehlurteil. Diese Ironie des

Schicksals bereitet mir absolut keine Genugtuung; es macht mich nur traurig, daß Sir David in jenen Tagen eine allzu bedeutende juristische Persönlichkeit war, als daß er seine Aufmerksamkeit auch nur für einen Augenblick einem unbedeutenden Beobachter hätte zuwenden können. Und es trägt nicht dazu bei, mich im Fall Mr. Colemans zu beruhigen.

Die *Chicago Tribune* gelangte zu der überraschenden Schlußfolgerung, daß die Medien weniger Macht hätten, als man sich eingebildet habe, da es ihnen nicht gelungen sei, den Gang der Justiz zu beeinflussen. Das gilt vielleicht in den ungeheuren Weiten Amerikas, wo Mr. Colemans Schicksal in der Flut von Sportergebnissen, Wirtschaftsmeldungen und aktuelleren Mordtaten rasch vergessen ist. In Ländern von europäischen Dimensionen darf sich so viel Dampf aufstauen, daß zahlreiche Gerichtsentscheidungen in letzter Zeit aufgehoben worden sind und die Struktur der Justiz an sich einer strengen Überprüfung unterzogen wird.

Manch einer mag wohl fragen, weshalb ich soviel Sorge an Einzelfälle verschwende, während es Ereignisse wie die Unruhen in Los Angeles oder Bangkok gibt, bei denen viele Menschen, darunter auch unschuldige, ums Leben gekommen sind. Nun, wir haben keinen unmittelbaren Einfluß auf solche Unruhen. Aber für ein Todesurteil sind alle Angehörigen einer Gesellschaft verantwortlich.

Wir können indessen immer noch von der Weisheit anderer Kulturen lernen, die ähnlichen Problemen gegenüberstehen. Die Aufstände in Bangkok endeten, als der König allen Beteiligten Amnestie gewährte – der Preis des wiedergefundenen Friedens. Ein thailändischer Professor erklärte den Erfolg der königlichen Aktion so: »Buddhisten verzeihen schnell.« Die weinende Witwe am Sarg ihres ermordeten Ehemanns nach jenem grauenvollen Mafia-Attentat in Palermo schluchzte: »Ich würde ihnen verzeihen, wenn sie sich nur änderten.« Da haben wir die ganze Last der christlichen Ethik. Wie hoch ist dieser Preis: Auge um Auge, Tod für Tod?

4. Juni 1992

Stabilität und Stupidität

Aus der relativen Neutralität auf kanadischem Boden kann ich voller Staunen auf die Kühnheit Mr. Ross Perots zurückblicken, des Selfmade-Milliardärs, der in den Umfragen dermaßen beträchtlich vor Präsident Bush und Gouverneur Clinton in Führung liegt, daß es kaum der Irrtum sein kann, für den man es in Großbritannien gehalten hat. Seine Verleumder beschuldigen ihn, er äußere sich niemals über seine politischen Pläne, aber darauf antwortet er schlicht, er wolle eben nicht lügen wie jeder andere Kandidat. Er sagt außerdem, er denke nicht daran, seine Gegner zu beschimpfen. Das tut er vielleicht nicht, aber als Dan Rather von CBS ihn fragte, ob er willens sei, Mr. Bush und sein »Schauen Sie auf meine Lippen« nachzuahmen, statt eine Frage zu beantworten, erklärte Ross Perot rundheraus, niemand werde erleben, daß er etwas so Dummes sage.

Wie man sieht, ist er ein höchst ungewöhnlicher Kandidat insofern, als er zur Zeit überhaupt kein Kandidat ist, sondern bloß ein Spielverderber oder die frühzeitige Ankündigung einer Erlösung, je nach Neigung des Beobachters. Alle seine Rauchsignale kündigen seine Kandidatur an, und doch weigert er sich, auf einem Schlachtfeld zu kämpfen, das er nicht selbst ausgesucht hat, und er wird sich auch von denen nicht zur Eile drängen lassen, die glauben, daß jetzt der richtige Zeitpunkt sei, ihn zu zerschmettern.

Wohlgemerkt, es kann durchaus sein, daß die Seifenblase platzt oder zumindest zu schlichtem Schaum zusammenfällt, sobald er formell erklärt, für das Amt des Präsidenten zu kandidieren. Vielleicht beruht seine eindrucksvolle Show auf der Bedrohung durch die Kandidatur, und vielleicht wird das ausgeklügelte Gebäude aus gesundem Menschenverstand einstürzen, wenn er sich erst so tief herabgelassen hat, daß er in einer Welt der schmutzigen Realitäten mit anderen konkurriert.

Was immer geschieht, es ist diese grotesk-komplizierte Struktur aus Gewichten und Gegengewichten, die permanente Hymne auf die Stabilität, der sich die schwerfälligen konstitutionellen Prozeduren amerikanischer Wahlen verdanken, die zuweilen in völlige Unbeweglichkeit verfallen. Und natürlich ist es ebendiese Unbeweglichkeit, herbeigeführt durch eine demokratische Mehrheit im Kongreß und einen republikanischen Präsidenten, die jemanden, der so bodenständig und behende ist wie Mr. Ross Perot, dazu befähigt, sich im versteinerten Wald der ehedem so beweglichen Männer einen Spaß zu machen. Eigentlich braucht er nichts weiter zu tun, als auf die Absurditäten einer solchen Situation hinzuweisen, um sofortige Unterstützung für diese Art von nüchternen, hausbackenen Weisheiten zu erhalten, die so beliebt bei allen sind, die auf amerikanisch träumen.

In diesem Sinne erinnert Mr. Ross Perot mit seiner kleinen, strammen Gestalt an Harry Truman, jenen Typus des anständigen Kerls, der seinen ehrwürdigen Oldsmobile selber fährt, den persönlichen Kontakt selbst mit der Straße für wichtig hält und sich bis zum letzten auf seine eigenen Eingebungen verläßt, weil die Alternativen ihm nicht einleuchten. Manchmal glaube ich, er ist ein prosaischer Zauberer, in einem visionären Augenblick von Shakespeare erfunden, und sein Name ist P. Rospero. Die Zeit wird es erweisen.

Und während die Amerikaner begreifen, daß das System, damit es funktionieren kann, ordentlich durchlüftet werden muß, kleben britische Augen unterdessen wieder einmal am Schlüsselloch. Ob der Inhalt des neuen Buches über den Zustand der Ehe des Prinzen aus Tatsachen oder aus bloßem Geschwätz besteht, ist kaum von Bedeutung. Wichtig und zutiefst deprimierend ist das öffentliche Interesse an solchem erniedrigenden Klatsch. In manchen Zeitungen spekuliert man bereits, ob die Institution der Monarchie solchen Schocks gewachsen ist. Nach den lautstarken und klebrigen Reaktionen zu urteilen, ist die Monarchie ein ewiger, einsamer Kegel, der jederzeit zum Umschmeißen zur Verfügung steht, wenn es gerade keine richtigen Storys gibt, die sich aufzuschreiben lohnen.

Auf alle Fälle ist dieses Buch, nach den veröffentlichten Auszügen zu urteilen, genau die Art von Unternehmen, welches die königliche Familie zu verhindern peinlich bemüht ist, indem sie Butler und Kindermädchen in ihren Diensten dazu nötigt, die Verpflichtung zu unterschreiben, sich nach dem Ausscheiden aus dem königlichen Dienst niemals dem Verkauf von Geschichten gegen Bezahlung hinzugeben.

An der Nützlichkeit eines Monarchen zu zweifeln und ihn für einen Anachronismus in moderner Zeit zu halten sei jedem freigestellt. Ihn aber als zuverlässige und dauerhafte Zielscheibe für Schlammschlachten zu benutzen ist sowohl widerlich als auch undemokratisch, und es spiegelt den Charakter einer Nation wider. Undemokratisch ist es, weil das Recht auf eine persönliche Privatsphäre auf jeglicher Ebene der Gesellschaft sehr viel kostbarer ist als das Recht der Öffentlichkeit auf Information – welches allzuoft das Recht der Öffentlichkeit auf Fehlinformation ist.

Unterdessen überrascht Dänemark die Welt und im Zweifel auch sich selbst, indem es mit knapper Mehrheit gegen die Annahme des Maastrichter Vertrages votiert. Als überzeugter Europäer sollte ich vermutlich entsetzt sein, aber tatsächlich empfinde ich eine Art Erleichterung darüber, daß es jetzt passiert ist. Warum? Weil ein kleines Land, Dänemark, die Angst vieler größeren teilte, die Zentrifugalkraft eines vereinten Europa könne es unmittelbar in seiner Identität bedrohen. Indem es ihm nun gelungen ist, einen Schraubenschlüssel ins Getriebe zu werfen, hat es genau das Gegenteil bewiesen. Das aufstrebende Europa hat einen ungeheuren Respekt vor demokratischen Regeln, und Dänemarks überraschende Entscheidung wird akzeptiert als eine, die das Vorrecht jeder Nation ist, unabhängig von der Größe ihrer Bevölkerung oder ihrer Wirtschaftskraft.

Was nun geschehen wird, kann man nur vermuten, aber eines ist sicher: Dänemark und viele der anderen beteiligten Länder sind durch die umstandslose Annahme der Tatsache, daß die Stimme eines kleinen Landes genausoviel bedeutet wie die eines großen, von einem Komplex befreit worden. Das kann für die Zukunft nur Gutes bedeuten.

Weniger rosig sieht es in der Slowakei aus, die genau wie andere kleine Länder in eine Unabhängigkeit drängt, von der sich erweisen wird, daß sie keine ist. Zwangsweise zusammengeschlossen durch einen Versailler Vertrag, der in einer anderen Zeit unterschrieben wurde, von Staatsmännern, die weniger differenzierte Ziele verfolgten, als heutzutage nötig wären, wurden die künstlichen Staatsgebilde in

Mittel- und Osteuropa durch die wachsende, aber oberflächliche Macht der Gewohnheit und durch Überbauten zusammengehalten, die den Status quo wirksam verfestigten. Selbst die Sowjetunion, die sich mit erstaunlichem Tempo aufgelöst hat, formierte sich mit gleicher Dringlichkeit zu einer Gemeinschaft Unabhängiger Staaten, einstweilen mit glücklicherem Ergebnis als in Jugoslawien. In einer Zeit, da selbst die Großmächte voneinander abhängig sind, kann Unabhängigkeit wirtschaftlich nicht existieren; nur innerhalb der freundschaftlichen Strukturen einer gesetzestreuen wechselseitigen Abhängigkeit kann man sie genießen. Die Sehnsucht nach Unabhängigkeit ist heutzutage eine altmodische Illusion, und wo sie, wie in Serbien, nur auf rassistischen Erwägungen beruht, wird sie sowohl töricht als auch, wo man sie auf die logische Spitze treibt, verbrecherisch.

Der gespenstische Rassenunfug der Nazis diene all jenen als verabscheuungswürdiges Beispiel, die auf der Suche nach Reinheit und unerreichbarer genetischer Sauberkeit sind.

Und die Schlußfolgerung aus alldem? Vielleicht folgende Erkenntnis: Intelligenz findet auf dieser Welt zwar nur selten ihren Lohn, Dummheit ist aber kein brauchbarer Ersatz für sie.

18. Juni 1992

Von Wandalen und Werten

Wenn man sich heutzutage von Ort zu Ort bewegt, ist man nie sehr weit entfernt von den Spuren menschlicher Brutalität. Das Wüten in Los Angeles hat frische Narben hinterlassen, mit aller dazugehörigen Häßlichkeit.

Wie immer gibt es Details, die im Bewußtsein bleiben, wenn der ursprüngliche Eindruck rasch registriert und bequemerweise der Erinnerung anheimgegeben wurde. Das Detail, das mich am stärksten beeindruckte, war eine Reklame auf der verkohlten Wand eines zerstörten Supermarktes; so reizvoll wie ein abgebrochener Zahn im Munde eines Landstreichers standen dort in phantasievollen Lettern die Worte: »Tropische Fische«. Es war unmöglich, mir nicht vorzustellen, wie die Flammen sich im Glas der Aquarien widerspiegelten und wie die permanente Panik in den zielscheibenähnlichen Augen der Fische jetzt eine verständliche Berechtigung erhielt. Erst mußten Hitzeblasen aufgekommen sein im Wasser ihrer Welt, so rund wie die des Kolumbus, aber weit weniger verheißungsvoll, bis dann alles zu Boden spritzte und prächtiges, durchscheinendes Blau, blendendes Rot und vibrierendes Gelb sich in graue Asche verwandelte, wobei die erstaunten Augen als letztes vergingen. Von jetzt an kann ich nie mehr an die Unruhen denken, ohne daß mir dieses Bild der scheußlichen Empfindungslosigkeit in den Sinn kommt. Selbst wenn sich Entschuldigungen aus dem Ärmel zaubern lassen, um die Frustration im Angesicht der Unbeweglichkeit des Establishments zu rechtfertigen, fällt es schwer, zu verstehen, warum tropische Fische, die außer ihrer Schönheit wenig zu bieten haben, dieser grundlosen Barbarei zum Opfer fallen müssen.

Aber es ist natürlich einfach, diese Dinge vom Standpunkt besorgter Normalität zu beurteilen. Leuten, deren Verstand in der harten Schule der Erfahrung darauf trainiert wurde, aktiv zu sein, fällt es schwer, die blanke Langeweile zu begreifen, die aus der Isolation der Unwissenheit entsteht. Die jungen Männer auf der Suche nach einem Anliegen, das so leicht zu verstehen ist wie die irrsinnige Loyalität gegenüber den Farben eines Fußballvereins auf einem Schal und die ewigen Sprechchöre von den billigen Tribünenplätzen, sind die gleichen, die damals im Kolosseum danach brüllten, daß Nero den Daumen senke, auf daß sie im Anblick und bei den Lauten des Todes plötzlich ihre Phantasien ausleben könnten.

Natürlich waren die Gelegenheiten in jenen fernen Zeiten beschränkt. Es gab kaum Parkprobleme, weil die Leute zu Fuß zu den Spielen kamen, auch wenn vor den Eingangsportalen schon die ersten Maultierwärter tätig gewesen sein müssen. Heute, da es sogar den Armen gelegentlich möglich ist, zu reisen, breitet sich das Virus der Untätigkeit sehr viel rascher aus als früher. Sicher ist es doch eine der Freuden des Reisens, einem anderen Klima ausgesetzt zu sein, anderen Eßgewohnheiten, anderen Lebensweisen.

Die weite Reise nach Schweden auf sich zu nehmen, um unsere eigene trübe Sicht der Wirklichkeit zu exportieren und schließlich prügelnd an einem Ort zu landen, der in seiner Inspirationskraft einem Bierzelt gleichkommt, und um den Geist zu Heldentaten gegen die Aufruhrbekämpfungseinheiten der Polizei, gegen Schaufenster oder gegen die Verfechter anderer Schalfarben und anderer dissonanter Sprechgesänge anzustacheln, das ist ein Mißbrauch der gebotenen Möglichkeiten.

Aber wenn man es sich überlegt, so gab es früher für die Armen nur eine einzige Möglichkeit, zu verreisen, nämlich als Angehörige der Streitkräfte. Sie wurden von ihren Offizieren ganz so mobilisiert, wie sie sich heute selbst in Einheiten mobilisieren. Damals genossen sie das Privileg einer Reise ins Ausland, aber nur, um dort die Landschaft zu schänden, die Umwelt zu vernichten, so viele Ausländer wie möglich umzubringen oder selbst umgebracht zu werden. In diesem Sinne sind die Aktivitäten der Fußballfans eine atavistische Rückkehr zu alten Werten. Da Armeen nach und nach aus der Mode kommen und militärische Interventionen im Schwinden begriffen sind, bietet der Militärdienst nicht mehr die Reisemöglichkeiten, die er früher einmal bot. Diese Rolle spielen heute die Fanclubs der Fußballvereine. Und wenn die Ankunft dieser gefährlichen Jugendlichen in einer Stadt heute bei den Einwohnern die gleiche Angst weckt, wie es die barbarischen Regimenter der Vergangenheit taten, wenn sie zum offiziell gebilligten Lohn für erlittene Strapazen raubend und plündernd dort einfielen, dann gibt es einen sehr guten Grund dafür. Es sind buchstäblich die gleichen Leute. Damals war der freiwillige Militärdienst eine Möglichkeit, aus der Sackgasse des Slumlebens zu entkommen. Heute ist der menschliche Geist in einer beinahe schon schlimmeren Situation. Die Mühen der Armut haben sich in die schreckliche Eintönigkeit und die endlose Demütigung eines Lebens als Sozialhilfeempfänger verwandelt.

Der Hungertod droht nicht mehr, aber der Angriff gegen die fundamentale Menschenwürde ist schlimmer denn je, und das Gefühl der Versklavung durch die mißmutig gewährte Großzügigkeit der Gesellschaft gehört zu den seelenvernichtenden Elementen der Arbeitslosigkeit. Was Wunder, wenn es da zu irregeleiteten Ausbrüchen bei jenen kommt, die ihrem Leben ein bißchen Aufregung zu verleihen suchen, indem sie Dinge zerschlagen. Sie warnen hinreichend deutlich vor ihrer Absicht, anders zu sein, indem sie sich die Schädel rasieren, Ohrringe tragen oder sich Nieten in die Nase bohren. Leider gelingt es ihnen bei allem Anderssein nur, einander gleich auszusehen, und wieder sind wir beim Konzept eines Regiments, das darauf aus ist, Konflikte zu erleben und anderen höchste Opfer aufzuzwingen. Die Politiker reden unaufhörlich vom Durchgreifen, von Verstärkung der Polizei und so weiter. Das ist ebenso leicht wie fruchtlos. In vielen Gegenden der Welt hat es vielerlei Regierungspläne gegeben, meist unter der generischen Überschrift der Arbeitsplatzschaffung zusammengefaßt, und das klingt schrecklich nach einem Sergeant Major, der zehn Mann zusätzlich zum Kartoffelschälen abkommandiert. Beispielhaft versagt indessen haben die Obrigkeiten im Reich der Phantasie. Wenig hat man unternommen, um die seelenzerstörende Monotonie einer Existenz zu durchbrechen, die sich nicht mit der Bezeichnung »Leben« schmücken kann. Der menschliche Geist funktioniert nur, wenn er beschäftigt ist, und es ist nicht viel erforderlich, um ihn zu beschäftigen oder zu stimulieren. Die Phantasie mag schwer zu fassen sein, aber sie kostet nichts.

Der junge Mr. Dan Quayle, der amerikanische Vizepräsident, versteht das. Er ist einer von denen, die gern Ordnung in das herrschende Chaos bringen möchten. Er spricht von den Werten der Familie, als habe er sie selbst erfunden, auch wenn sein jugendliches Gesicht und die sichtbare Anstrengung, durch langsame und bedachte Aussprache kategorisch zu klingen, darauf angelegt sind, ein stolzes Auftreten und ein ungläubiges Lächeln bei praktisch jedermann sonst hervorzubringen. Macht nichts – er weiß, was Bildung wert ist, und eine gute Bildung ganz besonders. Bei einem Besuch in einer Schule im Rahmen seines Wiederwahlkampfs betrat er ein Klassenzimmer während des Unterrichts. An der Tafel stand ein kleiner Junge. In Beantwortung einer Frage buchstabierte der Junge ganz richtig das Wort P-O-T-A-T-O. Daraufhin demonstrierte Mr. Quayle jene Qualitäten von Führerschaft und Bindung an kulturelle Werte, auf die er Anspruch erhebt, indem er dem kleinen Jungen gütigerweise seine Erfahrung zugute kommen ließ. Er griff nach der Kreide und fügte ein E hinzu: P-O-T-A-T-O-E. Das ist K-N-O-E-how. Und wir wissen jetzt Beschei*t*.

25. Juni 1992

E pluribus unum

Wieder einmal Prag. Die Ereignisse sind schneller vonstatten gegangen, als unser Gefühl für Normalität zulassen möchte. So weit hat sich die Zusammenarbeit in Europa entwickelt, daß ein Flug, der als Air France 2044, Paris–Prag, angekündigt wird, sich als ein Flug der Czechoslovakian Airlines mit einer völlig anderen Nummer erweist. Diese Kooperationsbestrebungen gibt es gleichermaßen auch bei Fluglinien, die sich derzeit deutlich außerhalb der Europäischen Gemeinschaft befinden. Die letzte Etappe meiner Heimreise am Sonntag abend wird ein Inlandsflug mit der Swissair von Zürich nach Genf sein. Angekündigt ist er als Austrian-Airlines-Flug 213.

Weshalb ich überhaupt in Prag bin? Der Grund ist eine Sitzung der *Weltweiten Föderalistischen Bewegung für eine Gerechte Weltordnung durch Gestärkte Vereinte Nationen.* Ein langer Name für einen umfangreichen Gedanken. Und was hat das mit mir zu tun? Ich bin, wohl oder übel, zum Präsidenten gewählt worden. Und es gibt keinen besseren Ort für einen solchen Kongreß als Prag und keinen besseren Zeitpunkt als jetzt. Unter den Ehrenvizepräsidenten befinden sich so hervorragende Persönlichkeiten wie der frühere unabhängige US-Präsidentschaftskandidat John Anderson, der Forscher Thor Heyerdahl und der Geiger und Pädagoge Sir Yehudi

Menuhin, und auf der distinguierten Liste der ehemaligen Präsidenten steht Norman Cousins, ein wahrhaft großer Amerikaner.

In Großbritannien hat es in den letzten Monaten beträchtliche Anstrengungen gegeben, »Föderalismus« zu einem unanständigen Wort zu machen, ganz so, wie es den Amerikanern schon gelungen ist, eines der edelsten Wörter der englischen Sprache, »liberal«, zu einem Ausdruck für kraftloses *Laisser-faire* und die Gleichgültigkeit gegenüber nationalen Erfordernissen werden zu lassen.

Diese Verzerrungen sind auf ihre Art so abscheulich wie die Vergewaltigung jenes wunderbar ausdrucksvollen Wortes »gay«, das einmal »fröhlich« bedeutet hat und nun in etwas verwandelt wurde, das von der ursprünglichen Absicht himmelweit entfernt ist, in etwas Trotziges, gelegentlich sogar Trauriges.

Nun, solche Verzerrungen sind typisch für die Zeiten, in denen wir leben. Jeder große Schritt vorwärts bringt eigene Reaktionen hervor. Just in dem Augenblick, da die mächtigsten Staaten der Welt die illusorische Natur der Unabhängigkeit und die Vorzüge eines weiteren Schritts zu jenem allgemeinen Freiheitsgenuß namens »Interdependenz« entdecken, schreien die kleinen Staaten, die um mehrere Generationen hinter den führenden zurückliegen, nach dieser Unabhängigkeit, die nicht mehr zu verwirklichen ist, weder wirtschaftlich noch praktisch.

In früheren Zeiten hatte man die Neigung, sich zusammenzuschließen und mächtige Reiche zu gründen, wie das römische, das persische, das britische und das französische. Selbst Nachzügler wie Deutschland und Italien fanden ihren Bismarck und ihren Garibaldi, der ihnen das Evangelium von der Einheit predigte, die dann in der unübertrefflichen

Dekadenz imperialer Macht endete, mit den Katastrophen eines Hitler und eines Mussolini, deren Sturz weltweit das Ende für das Ideal Imperium bedeutete.

Jetzt, mit dem Zusammenbruch der zentralisierten und unrealen Ökonomien im Osten und einer Krise in der kapitalistischen Welt, die einfach nicht vorübergehen will, rükken die Nationen wider Willen zusammen, wechselseitiger Abhängigkeit entgegen, per Definition auf die föderale Lösung zu.

Es ist ein fundamentaler Irrtum, Föderalisten in irgendeiner Weise für politisch zu halten. Sie mögen untereinander kolossale Streitigkeiten politischer Natur ausfechten, aber das an sich ist Beweis für die apolitische Natur einer Bewegung, die eher durch ein Ideal, und sei es noch so fern, zusammengehalten wird, als daß vorübergehende Erwägungen politischer Art sie spalten könnten. Uns geht es zu keiner Zeit um die Annahme dieses oder jenes politischen Credos, dem der einzelne durchaus anhängen mag, sondern um die Schaffung eines Vehikels, welches es ermöglicht, Frieden unter dem Gesetz zu genießen, und um das Überleben und die Förderung nationaler Idiosynkrasien und unterschiedlicher Glaubensrichtungen im sicheren Rahmen einer unabhängigen Struktur, auf die sich alle zu ihrem gemeinsamen Wohl geeinigt haben.

Eine fromme Hoffnung? Nicht, wenn gesunder Menschenverstand und Großmut in den Fragen der Menschheit noch von Gewicht sind. In diesem Augenblick stimmen die Slowaken für ihre Unabhängigkeit von den Tschechen. Nun hat, zugegeben, der Vertrag von Versailles, immer noch durchtränkt vom Geist des vorigen Jahrhunderts, getrachtet, vom österreich-ungarischen Reich zu retten, was zu retten war, indem gewaltsam Staaten geschaffen wurden, ohne daß die unmittelbar Betroffenen viel dazu beigetragen hätten. Tschechen, Slowaken, Mähren und Ruthenen wurden zur Tschechoslowakei geknetet, während man Slowenien, Kroatien, Serbien, Montenegro, Bosnien-Herzegowina und Mazedonien zum Flickenteppich Jugoslawien vernähte. Wie es scheint, ist es beiden Improvisationen nicht bestimmt, zu überleben.

Hitler machte sich die frustrierten Nationalismen in der Tschechoslowakei raffiniert zunutze, indem er das sogenannte Böhmen und Mähren zu einem Vasallenstaat unter rigoroser und grausamer Verwaltung machte, während die Slowakei die Illusion einer relativen Unabhängigkeit unter der Führung des faschistischen Priesters Tiso genießen durfte. Es war eine gerissene Übung im Gegeneinanderausspielen, und selbst wenn die Fäule in diesem Moment nicht einsetzte, so wurde sie doch am Leben erhalten. Jetzt, unter der Führung des Herrn Meciar - wie Milosevic in Serbien ein nur notdürftig getarnter Apparatschik des vergangenen Regimes, der darauf aus ist, sich einige der Privilegien und Ordnungen jener bedauerlichen Zeit zu erhalten –, optieren einige Slowaken anscheinend für einen Kurs, der unter dem Banner einer nominellen Unabhängigkeit endlose Strapazen in ihrem Kielwasser mit sich bringen wird. Unabhängigkeit bedeutet nicht nur, daß man eine Nationalhymne singen und vor einer Flagge salutieren kann. Sie bedeutet auch, fähig zu sein, ausländische Investitionen anzulocken und eine haltbare ökonomische Überlebensgrundlage in einer an Zärtlichkeit armen Welt zu schaffen.

Schon verfügen Estland, Lettland und Litauen, dem Namen nach unabhängig, aber in argen Finanznöten, daß die Kenntnis der jeweiligen Sprache eine Vorbedingung zur Staatsbürgerschaft sei. Damit zielen sie natürlich auf die fünfunddreißigprozentige russische Minderheit, die seit langem auf ihrem Territorium ansässig ist. Wo aber wird die Inbrunst solcher Unabhängigkeit enden?

Werden Flugzeuge, die sich dem Flughafen von Talinn nähern, sich auf estnisch beim Tower anmelden müssen? Muß, wer in Bratislava landen will, slowakisch funken? Wenn diese Albernheiten weitergehen, werden wir, wie ich schon einmal prophezeit habe, vor dem UN-Gebäude in New York vierhundert stolze Flaggen flattern sehen, die in ihrer entsetzlichen Zusammenballung kaum noch voneinander zu unterscheiden sein werden; mindestens die Hälfte der vertretenen Nationen wird keine Beiträge, ja, nicht einmal ein anständiges Gehalt für ihren Delegierten zahlen können. Wenn die Tschechoslowakei zerbricht, werden die Tschechen sehr viel besser davonkommen als die Slowaken; ihnen fällt es nicht schwer, das Ausland zu Investitionen zu bewegen, und sie sind bekannt für ihr industrielles Geschick. Es wird tragisch sein, wenn man Unabhängigkeit eines Tages mit leerem Magen gleichsetzt. Bei wechselseitiger Abhängigkeit hat man doch wenigstens eine Chance, seine Unabhängigkeit zu genießen.

16. Juli 1992

Die Gestalt der Zukunft

Veränderungen kommen mit der Erosion etablierter Ideen, ganz wie das Meer unermüdlich an den Klippen nagt. Unsere Vorstellung von der Zukunft ist oft glücklich gewählt, weil wir das Entstehen neuer Oberflächenbeschaffenheiten, neuer Techniken und infolgedessen neuer Erscheinungsbilder nicht vorhersehen können.

Jahrealte Science-fiction-Filme zu sehen ist eher ein nostalgisches denn ein erhellendes Erlebnis. In *Delta III* (der im Original, sinngemäß übersetzt, »Die Gestalt der Zukunft« hieß) waren, wenn ich mich recht erinnere, fast alle Schauspieler in durchsichtiges Plastik gekleidet, obwohl man sich kaum ein Material vorstellen kann, das sich den Bewegungen des menschlichen Körpers schlechter anpaßt. Nie findet sich eine Andeutung der heutigen Mikrotechnologie in den massigen Träumen Jules Vernes; sein Unterseeboot scheint Salons, Bibliotheken sowie sämtliche anderen Erfordernisse eines anständigen viktorianischen Daseins zu enthalten.

Mit anderen Worten, die Zukunft in physikalischen Kategorien vorherzusehen ist nicht eine der stärksten Seiten der Menschheit. Ebensowenig können wir genau vorhersehen, welcher Art von rückwärtsgewandten Schrullen sich der allgemeine Geschmack zu einem beliebigen Zeitpunkt unterziehen wird. Derzeit zum Beispiel haben wir es anscheinend mit einer allgemeinen Rückkehr der Architektur zum Stil des Crystal Palace zu tun, mit Einflüssen von Wintergärten des Fin de siècle, simplifiziert und sterilisiert, um den ästhetischen Anforderungen des Tages entgegenzukommen.

Die Straße von London zum Flughafen Heathrow ist reich an Gebäuden, in denen sich Ziegelmauerwerk mit pseudomaurischen Glaskuppeln vermählt, während der neue Flughafen in München ein gewaltiges Konservatorium ist; der Anstrich sieht aus wie eine Grundierung, und es duftet nach den verborgenen Anlagen von Thermalbädern aus der Zeit vor des Kaisers Krieg. Es ist schwer, Bilder von der Zukunft vorauszusehen – oder selbst Bilder aus der Vergangenheit als Hintergrund für die Gegenwart zu neuem Leben zu erwecken; es ist eine noch größere Herausforderung, sich vorzustellen, was für unsere Vorfahren normal war oder was für unsere Nachkommen normal sein wird.

Die Romane des vorigen Jahrhunderts oder die Stücke der Restauration oder aus jakobäischen Zeiten sind reich an blutvollen Figuren, mit denen wir uns noch heute identifizieren können. In gewissem Sinne, und kraft seiner Starrheit und der außergewöhnlichen Disziplin seiner Werke ist Molière in seiner Wirkung so zeitgenössisch wie die besten Autoren von heute, und wenn man sich Shakespeare ohne diese Ehrerbietung nähert, die er nie verlangt, dann ist sein Genie überaus zugänglich.

Und doch können wir uns auch einen Richter vorstellen, einen Zeitgenossen Dickens', der nach den Maßstäben der Zeit ein vorbildlicher Ehemann ist, der die Bedürfnisse seiner Frau ebenso respektiert, wie er auf den seinen besteht, der geliebte Vater eingeschüchterter, stiller Kinder, die man sieht, aber nicht hört, und ein strenger, aber gerechter Arbeitgeber für sein Hauspersonal. Nie vergißt er einen Jahrestag, und stets erhebt sich seine Stimme über den Chor, wenn Kirchengesang und Weihnachtslied gesungen werden. Und auch wenn er zuweilen musikalisch ein wenig unsicher ist, so kennt er doch den Text bis zum letzten Wort, eine Tatsache, auf die er über die Maßen stolz ist. Er weiß sehr viel mehr über die Klassiker, als heutzutage üblich ist, und er kann sogar ein erträgliches Wortspiel auf lateinisch ersinnen oder sich an einem altgriechischen Rätsel ergötzen. Und wo und wie verbringt dieses Vorbild an alten Tugenden seinen Arbeitstag?

Im Gericht, wo er gelegentlich ein Kind zum Tode verurteilt, weil es eine Brieftasche gestohlen hat. Die schwarze Haube sitzt dabei fast nachlässig auf seiner Perücke. Es ist keine Zeit, solch ein Kind davor zu warnen, dergleichen je wieder zu tun, und es ist auch nicht notwendig. Wollte man in seiner Gegenwart erbleichen und entsetzt und ungläubig hervorstammeln: »Ein Kind?«, so wäre seine Antwort ein winterkaltes Lächeln und ein fatalistisches Achselzucken. »Nun, schließlich, Sir, wurde eine Brieftasche gestohlen, und wäre man milder, so schüfe man einen gefährlichen Präzendenzfall. Wahrhaftig, es schaudert einen bei dem Gedanken an die Konsequenzen.«

Nun, die Maßstäbe ändern sich in der Tat, aber im Lichte solcher Veränderungen können wir uns fragen, wie wohl die Leute in hundert Jahren reagieren werden, wenn sie uns mit den hochgezogenen Augenbrauen betrachten, die wir den Normalitäten von gestern vorbehalten. Vielleicht wird man entdecken, daß Mord und sexuelle Verkommenheit heilbare Krankheiten sind, wenn man sie nur beizeiten entdeckt, und daß Privatzimmer im Krankenhaus eher die Mode werden denn Privatgefängnisse als Stätten der Rehabilitation. Es mag sogar sein, daß in einer Zivilisation, die einer wachsenden Präsenz von militanten Homosexuellen und Feministinnen ausgesetzt ist, sich die Heterosexuellen zu einer schuldgeplagten Minderheit entwickeln. Diese Spekulationen mögen sich ebenso als Irrtümer erweisen wie vor einem halben Jahrhundert die durchsichtigen Plastikhemden in dem Film, aber es ist doch zumindest sicher, daß die Werte der unmittelbaren Zukunft sich von den heute gültigen ebenso unterscheiden werden, wie sich diese von den Werten der unmittelbaren Vergangenheit unterscheiden.

Es gibt die Tonbandaufzeichnung der Stimme eines französischen Ministers, der nicht lange nach dem Ersten Weltkrieg spricht und in blutvollem Ton über die patriotische Inbrunst im Herzen einer französischen Mutter spekuliert, die entdeckt, daß der Unbekannte Soldat niemand anders ist als ihr Sohn.

Eine solche Phantasie würde heute kaum noch standhalten. Man fühlt sich an die brillanten Reflexionen eines anderen Franzosen erinnert, keines Politikers diesmal, sondern eines Komikers, des leider dahingegangenen Fernand Reynaud, der einmal bemerkte, daß im Krieg Menschen miteinander kämpfen, die einander nicht kennen, und zwar im Namen anderer Menschen, die einander zwar kennen, aber nicht kämpfen. Diese Art von scharfer Ironie hat mittlerweile unsere Vorstellungen von einem auf Kosten anderer praktizierten Patriotismus durchdrungen. In einer Epoche, in der kalter Stahl und einzelne Kugeln von der Möglichkeit der vollständigen Vernichtung und nachfolgenden Vergiftung der Erde verdrängt wurden, ist selbst auf dem grenzenlosen Felde der modernen Kriegsführung ein neues Wertegefüge entstanden.

Der Golfkrieg hat uns ein ganzes Arsenal intelligenter Waffen enthüllt, Bomben, die ihr Ziel aufstöbern wie Fährtenhunde und nur dann Schaden anrichten, wenn es gerechtfertigt ist, sowie noch andere wunderbare Früchte mörderischen Erfindungsreichtums. Als der Krieg vorüber – oder, besser gesagt, durch eine lange und unbehagliche Pause unterbrochen – war, entdeckte man, daß die Waffen ein bißchen weniger intelligent waren, als man sich vorgestellt hatte, daß die Zerstörungen, die sie anrichteten, weder so gründlich noch so selektiv waren, wie man uns hatte glauben machen, kurz: So manche üppige Behauptung war übertrieben gewesen. Macht nichts – zumindest das Bestreben nach einer humaneren Sorte Konflikt war erkennbar, so absurd ein solcher Widerspruch angesichts von »friendly fire« und anderen Ergebnissen menschlicher Fehlbarkeit auch erscheinen mag. Diese offizielle Zimperlichkeit ist eine Folge der Vervollkommnung der Kernwaffen sowie der Befürchtung, sie könnten in unbefugte Hände gelangen. In den Zeiten, als der Krieg bloß *total* war, bevorzugten sie es, wenn ihre Bomben dumm waren. Je dümmer, desto besser.

Tausende davon sind vor etwa fünfzig Jahren auf Dresden herabgeregnet und haben eine Stadt von großer Schönheit zerstört, in der es praktisch keine Fabriken und keine militärischen Einrichtungen gab, wohl aber Tausende von Flüchtlingen aus geeigneteren Zielbereichen, unter ihnen auch Kinder.

Eine Statue für Air Chief Marshal »Bomber« Harris (Dresden war sein Baby) wurde vor kurzem enthüllt. Ja, die Maßstäbe ändern sich im Laufe der Zeiten, aber in einer in sich instabilen Welt neigen die Zeiten dazu, sich zu überlappen. Und schließlich möchte niemand, daß man seiner mit einem Haufen Schutt gedenkt.

23. Juli 1992

Neues vom Balkan

In der großen Vielfalt der Post, die jeden Morgen durch den Briefschlitz flattert, findet sich für jeden Geschmack etwas. Da sind Anfragen nach Autogrammfotos, beinahe ausschließlich aus Deutschland, wo diese Aktivität industrielle Dimensionen erreicht hat, wenngleich es eine Heimindustrie ist. Dann gibt es Broschüren, in denen die kulturellen Aktivitäten schicker Hotels gepriesen werden, beispielsweise entsetzlich kitschige Ausstellungen im Foyer. Und natürlich sind auch ein paar persönliche Briefe dabei und zahlreiche Ersuchen um finanzielle Unterstützung für äußerst unterstützungswürdige Anliegen.

Dieser endlose Lavastrom, der sich da auf die Fußmatte ergießt, ist beinahe imstande, das Frühstück zu verderben, jene willkommenste und üppigste Mahlzeit des Tages. Dann und wann aber trägt eine Sendung dazu bei, die Monotonie zu lindern. Leicht erkennbar am tristen Umschlag, der in Farbe und Konsistenz an gefrorenen Porridge erinnert, landet eine Wochenzeitschrift mit der Flut der übrigen Post auf dem Fußboden. Das geschieht alle vierzehn Tage, was man bei einer Wochenzeitschrift vielleicht sonderbar finden wird. Die einfache Erklärung ist: Die Zeitschrift kommt aus dem, was Jugoslawien ist, war und vielleicht sein wird und wo zeitliche Begrenzungen nicht so leicht verstanden werden.

Bei Beginn eines zum x-ten Male ausgehandelten Waffenstillstandes scheinen augenblicklich wütende Schlachten auszubrechen, ein Umstand, der sogar zu Reibereien zwischen dem unverwüstlichen Lord Carrington und dem besitzergreifenden Generalsekretär der Vereinten Nationen geführt hat. Wenn so etwas zu den Erfolgen der doppelzüngigen Balkandiplomatie gerechnet werden kann, warum soll es dann nicht auch eine Zeitung geben, die als *The International Weekly* bezeichnet wird und auf der in kleineren Lettern unter dem Titel *Belgrad, 18.–31. Juli 1992* steht? Das alles liegt in derselben Logik. Tatsächlich ist diese Wochenzeitschrift nicht uninteressant, denn sie wird von der hochangesehenen Tageszeitung *Politika* herausgegeben, die sich offenbar selbst in diesen schweren Zeiten die Möglichkeit der unabhängigen Meinung erhalten hat. Zunächst einmal ist es eine Erleichterung, ein Blatt zu finden, das so gar nicht besessen ist von jenen planlos umherschwirrenden Bröckchen Firlefanz, denen es gelingt, uns für wichtigere Angelegenheiten blind zu machen. Die neue Ausgabe kommt vielleicht ein wenig zu früh, um eine jugoslawische Ansicht zu Mr. Mellors Problemen zu enthalten, aber man weiß schon im voraus, daß die nächste dafür zu spät kommen wird. Und ohnedies gibt es hier kein Journalesisch, das unreif genug wäre, den Anlaß für Mr. Mellors angebliche Abweichung vom schmalen Pfad der Tugend als stellungslose Schauspielerin zu bezeichnen und dabei mit der giftigen Keuschheit einer viktorianischen Jungfer anzudeuten, daß sie, wäre sie in Lohn und Brot gewesen, keine Zeit gehabt hätte, die Früchte des Müßiggangs zu genießen.

All das erinnert mich an meinen eigenen Stammbaum, den eine Gruppe von alten russischen Damen pflichtbewußt zusammengetragen hat, ein Werk von absurder Gründlichkeit, das lediglich bei zwei obskuren Verwandten absichtlich versagt. Der eine, ein Mann, heiratete eine, wie es heißt, »Schauspielerin«, und die andere, eine Frau, lebte mit einem »Bolschewiken« zusammen. Beide blieben aus Gründen der Schicklichkeit anonym. Ich frage mich unwillkürlich, welcher Schleier, wenn die Schar dieser alten Schätzchen noch lebte und tätig wäre, wohl über meine Tätigkeiten ausgebreitet würde.

Aber um zu wichtigeren Dingen zurückzukehren: Das plötzliche Erscheinen Milan Panics auf der serbischen Bühne beherrscht diese Ausgabe, und sein Foto, auf dem er lächelnd beide Fäuste erhebt, ziert die Titelseite in Farbe. Die Bildunterschrift lautet: *Born to be first.* Man ist nicht überrascht zu erfahren, daß dieser ausgezeichnete kalifornische Biochemiker auch schon Radsportchampion war, denn die Geste auf dem Foto ist genau die, welche auch der Radfahrer macht, der als erster die Ziellinie bei der Tour de France überfährt. Man hat ihn zu Recht mit Mr. Ross Perot verglichen, in seiner überschwenglich optimistischen Überzeugung, gesunder Geschäftssinn werde die angeschimmelten Balkanbosse mit ihrem Stolz und ihrer Voreingenommenheit schon aus dem Wege räumen. Sein Auftritt auf der Bühne hat die gleiche Wirkung gehabt, die Elliott Ness vielleicht erzielt hätte, wenn er mit Blaskapelle und einem Prunkwagen voller Showgirls erschienen wäre, um Al Capone in ein Spinnennetz von Formalitäten zu verwickeln. Wenn Reporter ihn fragten, wie er vorzugehen gedenke, hätte er wohl abwechselnd geantwortet: »Behelligen Sie mich nicht mit Details« und »Gott helfe Al Capone, wenn er mir in die Quere kommt«. Als Ausdruck der Entschlossenheit sehr beeindruckend, als einer des Realitätssinns ein bißchen weniger. Ein Artikel von Ile Kovacevic mit der

Überschrift *Auf dem Weg zur Hoffnung* sieht der Situation ins Auge. »Jugoslawien erlebt seit Jahren seine letzten Tage und trotzt der Logik des Ostens wie der des Westens. Rest-Jugoslawien hat nunmehr einen Premierminister, der für den Frieden eintritt und behauptet, Erfolg werde man nur haben, wenn man die Wirtschaft privatisiere und westliche Bewertungskriterien einführe. Ein beinahe phantastisches Bild ist so zustande gekommen: Friedenstauben flattern zwischen den Falken umher, die die jugoslawische Wirtschaft verwüstet haben und nun auf kalten Fabrikschloten hocken, wo sie leere Fabrikhallen vor westlichen Eindringlingen schützen.« Hieraus und aus einer ganzseitigen Anzeige des Managementverbandes wird deutlich, daß immer noch Redefreiheit herrscht in dieser seltsamsten aller Diktaturen mit ihrem überalterten kommunistischen Präsidenten und ihrem wieder serbischen Premierminister. Die Anzeige fordert ein Ende des Kriegs und der Wirtschaftsblockade. Sie fordert ein normales Leben. Sie besteht überdies auf der Notwendigkeit eines politischen Wandels. Die Seite bietet nützliche Informationen und läßt ein grimmiges Beharren auf dem Ideal der Normalität erkennen. Es gibt eine Liste von neuen, offiziellen Grenzübergängen zwischen der Bundesrepublik Jugoslawien und Mazedonien, Bosnien-Herzegowina und den unter UN-Protektorat stehenden Gebieten. Es gibt eine Reklame für den Zoo, der von acht bis siebzehn Uhr geöffnet ist, anscheinend wie sein britisches Gegenstück unbedroht von Insolvenz und Schließung oder, um Milan Panic zu zitieren, von westlichen Bewertungskriterien. Es gibt ein Kreuzworträtsel und mindestens drei McDonald's-Anzeigen. Es gibt zahllose Ankündigungen von Konzerten und Theateraufführungen, darunter eine ziemlich ominös klingende: »Um Mitternacht wird Marijana

Arsenijevic Chaupin-Walzer (sic!) spielen.« Der Wetterbericht, ohne Zweifel zutreffend, lautet: unbeständig und warm. Die letzte Seite der Zeitschrift ist vielleicht die verblüffendste; sie besteht aus einem Interview mit dem Kronprinzen von Jugoslawien, der ebenso scharfsichtig wie bodenständig ist. Er bedauert, daß man ihm nie eine Audienz bei dem schwer zu fassenden Milosevic gewährt habe, räumt aber ein, enge Kontakte zu Prominenten wie Mulroney, Hurd und Mitterrand seien ein kleiner Ausgleich für die eiskalte Schulter, die man ihm zu Hause zeige. Bestnote für ein ausgezeichnetes Interview mit einem arbeitslosen Monarchen von diesem stellungslosen Schauspieler. Britische Boulevardzeitungen und russische Witwen, bitte abschreiben.

30. Juli 1992

Spiel ohne Grenzen

Wir sind mitten in der kurzen, lustvollen, gefährlichen Sauregurkenzeit, in der das Wetter üblicherweise am besten ist und die militaristischen Spielverderber die großen Kriege vom Zaun brechen, um die Öffentlichkeit um ihre wohlverdienten Ferien zu bringen.

Man ist versucht zu glauben, die Menschheit sei doch schon zu weit auf dem steinigen Pfad zur Reife vorangekrochen, als daß sie sich noch einmal solchem Schwachsinn hingeben möchte – besser gesagt: Schwachsinn in einem solchen Maßstab. Heute haben wir nur einen kleinen Krieg mit täglichen Waffenstillständen, gefolgt von scharfem Artilleriebeschuß, sowie Scharmützel rund um den Globus. Als Ersatz für solche ruchlosen Reize haben wir die Olympischen Spiele, eine passende Einrichtung vergangener Verbohrtheit und zugleich ein Gegenmittel.

Barcelona ist, wie jedermann weiß, die zweitgrößte Stadt Spaniens und die Hauptstadt von Katalonien, einer Provinz, die ihre eigene uralte Sprache spricht und stets am Rande der Autonomie, um nicht zu sagen der Unabhängigkeit, einherbalanciert.

Die Beziehung zwischen den beiden Völkern und Kulturen fand mit exemplarischem Takt ihren Ausdruck bei einer Eröffnungszeremonie, die von Lokal- und Nationalstolz geprägt war, nie aber von Chauvinismus. Nach einem komplizierten mythologischen Ballett, mysteriös wie der Nebel der Zeiten, kam die traditionelle Parade der Teilnehmer, eine Geographielektion für sich und zugleich eine charmante Demonstration jenes feierlichen Empfindens, das jedem Menschen guten Willens eigen ist. Es war angenehm, den elterlichen Stolz in den Gesichtern des spanischen Königspaares zu sehen, als ihr Sohn mit dem Banner der Nationalmannschaft beschwingt vorbeistolzierte.

Es war gleichfalls eine angenehme Überraschung, zu sehen, daß Fidel Castro nach dem täglichen Überlebenskampf seines belagerten Regimes entspannt und fröhlich aussehen konnte. Dies ist übrigens nicht Ausdruck einer politischen Voreingenommenheit, sondern der Menschlichkeit, und um die Menschlichkeit, nicht um die Politik, geht es bei den Olympischen Spielen ja.

Den wahren olympischen Geist spürt man unter den Wettbewerbern, denen, die wissen, welche Schwierigkeiten den grausamen Disziplinen, denen sie unterworfen sind, innewohnen, und sie haben keine Zeit, die Schwächeren zu schmähen, selbst wenn sie die Stärkeren großzügig preisen. Das Niveau von Anmut und Eleganz in den Äußerungen der Teilnehmer ist durchgängig hoch; häßliche Untertöne kommen nur von Kommentatoren und den Medien, die ihre selbsterwählte Funktion als Entzauberer des Idealismus ausüben und uns daran erinnern, daß die wirkliche Welt ganz anders ist.

Ich habe die Eröffnungsfeier zufällig im französischen Fernsehen angeschaut, und ich wünschte, ich hätte es nicht getan. Nicht, daß ich mir durch den Kommentar die Freude hätte verderben lassen. Aber zugleich war es doch unmöglich, zu ignorieren, was die Herren zueinander sagten. Wohlgemerkt, die Franzosen halten sich nicht ohne Grund etwas auf ihre Phantasie und ihr Gefühl für Stil zugute, aber das dürfte sie eigentlich nicht blind machen für die Qualitäten anderer, selbst wenn diese quantitativ in geringerer Menge vorhanden sind. Nach den superben Abstraktionen bei der Eröffnung der Winterspiele und den gewaltigen Zeremonien zur Zweihundert-Jahr-Feier der Revolution fühlen sie sich offenbar dazu qualifiziert, zu beurteilen, was bei anderen gut und schlecht ist. Einer der französischen Kommentatoren nannte die katalanische Eröffnungszeremonie *bon-enfant*, und größere Herablassung kann man eigentlich nicht an den Tag legen; man suggeriert, die Absichten seien zwar die allerbesten gewesen, diese übertriebenen Ambitionen seien indessen betrüblich unzulänglich und ungeschickt verwirklicht worden.

Bei einer anderen Gelegenheit stellte eine dieser Autoritäten besonders empörende Überlegungen zur Qualität der Organisation an, nur um sich von der anderen fromm zur Ordnung rufen zu lassen, und zwar mit den Worten: »Ich denke, es ist noch ein bißchen früh am Tag, um über das spanische Organisationstalent herzuziehen.« Womit natürlich angedeutet wurde, daß sich dies allerdings früher oder später wohl nicht würde vermeiden lassen.

Eine führende französische Zeitung bezeichnete die Elemente der Folklore und die erstaunlichen Darbietungen spanischer (hauptsächlich katalanischer) Sänger mit großen Arien aus dem Opernrepertoire als »Kitsch«.

Es ist für jede Nation ungewöhnlich, auf einer einzigen Bühne Künstler wie Montserrat Caballé, Plácido Domingo, Alfredo Kraus, José Carreras, Joan Pons und Teresa Berganza zu versammeln. Man erinnert sich, daß man in Paris, um der Marseillaise Gerechtigkeit widerfahren zu lassen, die große Jessie Norman importierte.

Damit niemand denke, meine kritischen Bemerkungen richteten sich ausschließlich gegen die Franzosen, muß ich feststellen, daß ich, wie das Pech es wollte, den größten Teil meines Fernsehkonsums mit französischen Sendern vollzog; bei den seltenen Gelegenheiten, da ich einmal einen Kommentar in englischer Sprache mitbekam, bemerkte ich allerdings die Neigung, eine allzu welke, ja, schon geknickte Lilie noch zu vergolden. »Der britische Athlet liegt im Augenblick auf achter Position«, hört man wohl, »aber er hat den Kontakt zu den anderen nicht verloren.« Natürlich sind bei dem fraglichen Ereignis nur acht Wettkämpfer beteiligt. Die Athleten selbst haben sich im Sieg oft einen verwirrten Blick bewahrt, zumal bei den Schwimmwettkämpfen, als seien sie soeben von einem langen Aufenthalt im gechlorten Hades aufgetaucht und starrten nun geblendet in das gleißende Licht einer sterblichen Sonne, während ihre Finger die magische Wand berühren. Nur die Experten sind in der Lage, zu sagen, daß seine oder ihre Leistung nach jenem bemerkenswerten Erfolg in Hemel Hampstead, als sie erst elf oder zwölf Jahre alt war, nun doch enttäuschend sei. Die Anwesenheit ehemaliger Champions in den Reihen der abgehärteten Sportreporter ist eine exzellente Entwicklung und bereichert die faktische Autorität und patriotische Voreingenommenheit der Kommentatoren um einen Hauch von persönlicher Erfahrung.

Angesichts des Zustandes der menschlichen Natur ist es noch viel zu früh, das Abspielen von Nationalhymnen bei den Zeremonien auf dem Siegertreppchen abzuschaffen. Die bewegten Mienen etlicher Goldmedaillengewinner legen beredtes Zeugnis für ihre Motivation und die Erfüllung ihres ganzen Ehrgeizes ab. Dies ist schließlich der zivilisierte Ersatz für den Krieg; er appelliert an die gleichen Instinkte, die schon im Herzen des Neandertalers schlummerten und die uns bis zum heutigen Tage heimsuchen. Der Unterschied ist nur, daß der Schaden hier auf gebrochene Beine, Fußknöchel, Arme, auf Bänderrisse, Sehnenzerrungen und auch gebrochene Herzen beschränkt bleibt und nur in den seltensten Unglücksfällen den Tod einschließt.

In jeder Hinsicht sind die Olympischen Spiele ein ungeheurer Fortschritt gegenüber dem Krieg, und verglichen mit den fackelschwingenden Patrioten der Vergangenheit, sind die Fernsehreporter, wenn man genau überlegt, noch recht amüsant.

6. August 1992

Neue und alte Welten

Oberflächlich betrachtet, scheint es eine wundervolle Idee zu sein, und gewiß würde man für Liverpool tun, was man kann, für diesen großartigen britischen Seehafen, der mehr bissiges Gemecker hat über sich ergehen lassen, als er verdient, wobei in den verdächtigen Waagschalen der Gerechtigkeit die radikale Linke anscheinend die Beatles überwiegt.

Die Fanfare für eine neue Welt erklingen zu lassen ist eine kühne Initiative. Zunächst einmal findet es im Freien statt. Vor dem Hintergrund eines Mastenwaldes gewaltiger Schiffe im Hafen, die den Höhepunkt der großartigen Kolumbus-Regatta feiern, des größten Schiffsrennens aller Zeiten, hat man eine Bühne errichtet, die ebenfalls aussieht wie ein Schiff, wenn auch wie ein gestrandetes. Dies ist eine Vorsichtsmaßnahme, die nötig ist, wenn man es einigen der großen Stimmen, die an dieser Gala teilnehmen, ermöglichen will, den Ton zu halten, ohne daß Dünung und plötzliche Strömungswirbel sich störend auswirken.

Auch bleibt bei einem gestrandeten Schiff die Beziehung zwischen Publikum und Künstler konstant, was entscheidend zum Vergnügen beiträgt. Der Veranstalter des Konzerts erklärt, es solle bei weitem nicht nur der Entdeckung

Amerikas durch Kolumbus gedacht werden; man wolle auch die aufkeimende »neue Welt des neuen Europa« begrüßen, aber vor allem sei es ein Signal für die neue Welt, die sich durch die Möglichkeiten des geeinten europäischen Marktes für die Region Liverpool und Merseyside auftue.

Ah, da haben wir's! Nicht zufrieden mit den bisherigen Abreibungen für diejenigen, die in der Nachbarschaft eines jeden kleinen Zwischenfalls sogleich einen Trotzki herumlungern sehen, demonstriert Liverpool nunmehr furchtlos seine Weitsicht und das, was die Amerikaner so gern sein »aufgeklärtes Eigeninteresse« nennen. Daran ist nichts auszusetzen. Es beweist nur, wie weit wir alle auf dem Weg zur Harmonie schon vorangekommen sind, der radikalen Linken und der radikalen Rechten ungeachtet.

Jetzt, da wir einander nah genug sind, um uns Aug' in Auge sehen zu können, tun wir es auch oft. Die Anwesenheit des Königs und der Königin von Spanien bei dieser Feierlichkeit lädt zum Nachdenken darüber ein, wie anders die Geschichte hätte verlaufen können, wären die Seeleute der unbezwingbaren Armada ans Ufer gebeten statt in Schlachten verwickelt worden. Ein Ergebnis wäre vielleicht die Aufnahme des Rasenkegelns in die olympischen Disziplinen gewesen. Das Spiel auf Plymouth Hoe wäre wahrscheinlich von der heimischen Mannschaft gewonnen worden, da sie jede trickreiche kleine Unebenheit des Bodens kannte und genügend Zeit zum Üben hatte, während die schwerfälligen schwimmenden Kathedralen des Gegners immer noch damit beschäftigt gewesen wären, herauszufinden, woher denn dieses kläglich säuselnde Windchen nun käme.

Jedenfalls erforderte es in jenen fernen Tagen derart übermenschliche Anstrengungen, den Gegner überhaupt zu finden, daß es, hatte man ihn einmal in Reichweite, überhaupt keine andere Möglichkeit mehr gab, als zu kämpfen. Heutzutage findet man seine Widersacher in Minutenschnelle, und da ein Konflikt im modernen Maßstab selbstmörderisch ist, bleibt beiden Seiten nichts anderes übrig, als nach Eintracht zu streben.

Und so kommt's: Der König von Spanien steht nun, gleich nach dem Triumph der Olympischen Spiele in Barcelona, tatsächlich auf britischem Boden und beteiligt sich an einer Feier, die zu der Zeit, als die Neue Welt entdeckt wurde, undenkbar gewesen wäre. Warum? Nun, beide Seiten hatten ihren Stolz, unterschiedliche religiöse Temperamente und ihre italienischen Lieblingssöhne.

Cristoforo Colombo wurde pflichtschuldig Cristobal Colón und war schneller als seine nördlichen Rivalen. Die Briten haben sich nie gern aus ihrer maßvollen Einschätzung der Ereignisse aufscheuchen lassen – sieht man Lord Carrington oder Douglas Hurd bei der Arbeit, so genügt ein kurzer Blick, um zu erkennen, daß sich in dieser Tradition seit Jahrhunderten nichts mehr gerührt hat –, und so kam es, daß die Nachricht, Kolumbus habe die spanische Flagge und ein Kruzifix auf einem Stück *Terra incognita* aufgepflanzt, bei ihrem Eintreffen in London eine jener nüchternen Paniken auslöste, die die Briten zuweilen so gefährlich und so unberechenbar werden lassen. Der erste Erwerb im Rahmen der Vorbereitungen zu einem Gegenschlag war ein eigener italienischer Navigator. Giovanni Caboto wurde gefunden und flugs zu John Cabot umgetauft. Eine gerissene Wahl, dachte man sich, da er drei Söhne hatte und Großbritannien dadurch mit etwas Glück vier Forscher zum Preis von einem einkaufen könnte. Entsprechende Patentbriefe wurden aufgesetzt, offenbar von einem Anwalt im Dienste Heinrichs VII. Diese Dokumente verliehen John Cabot und seinen Söhnen Lewis, Sebastian und Sanzius »die volle und freie Befugnis, Erlaubnis und Macht, auf eigene, angemessene Kosten und Verantwortung« (an dieser Stelle wittern wir den Notar) »aufzusuchen, zu entdecken und zu finden, gleich welche Inseln, Länder, Regionen oder Provinzen der Heiden oder Ungläubigen, welche bis dato unbekannt gewesen aller Christenheit«.

Es ist ein seltsam modernes Dokument bei aller Antiquiertheit; niemals benutzt man ein Wort, wo zehn es auch tun. Weiter wird aufgeführt, daß jegliche Ware, die von jenen unbekannten Inseln, Ländern, Regionen oder Provinzen zu beziehen wäre, abgabenfrei durch den Zoll von Bristol gebracht werden könne; obgleich aber dieses ganze große Abenteuer ausschließlich auf Rechnung der Cabots veranstaltet werden sollte, behielt sich der König doch ohne jedes Risiko für sich selbst vor, fünf Prozent aller Nettogewinne aus solchen Transaktionen zu kassieren. Und so juristisch penibel die Dokumente auch aufgesetzt sein mögen, es hatte keiner der Beteiligten auch nur die leiseste Ahnung, was er tat.

Cabot hatte die Absicht, auf dem Weg nach Asien die Insel Brasilien zu entdecken. Man vermutete sie weit südlich der Inseln, auf denen Kolumbus seine Kruzifixe aufgepflanzt hatte. Die Anwälte waren auf der Hut und lehnten es sogar ab, potentielle Entdeckungen auf Inseln zu beschränken. Cabot stach am 2. Mai 1497 in England in See, landete am 24. Juni auf Cape Breton und entdeckte damit unabsichtlich Kanada in der festen Überzeugung, es handele sich um Asien. Er pflanzte das königliche Banner Englands auf der

Landzunge auf und kehrte am 6. August nach Bristol zurück. Der König war einfach entzückt über diese Neuigkeit und belohnte John Cabot mit zehn Pfund.

Gern hätte man die Argumente gehört, die im Kronrat zur endgültigen Festlegung der genauen Summe führten. Möglicherweise schlug der König zunächst fünfzehn Pfund vor, aber umsichtige Berater setzten sich durch, indem sie darauf hinwiesen, Cabot sei schließlich Ausländer und somit von Natur aus ein Abenteurer; es könne leicht sein, daß ihm der Erfolg zu Kopfe steige und er für seine Adoptivheimat wertlos würde. »Was schlagt Ihr also vor?« fragte der König. »Fünf Pfund?« erwog der Schatzkanzler, und seine Lippen waren infolge kräftigen Zusammenpressens kaum sichtbar. Der König bemerkte in ätzendem Ton, daß ein solcher Betrag wohl eher seinen Ruf als Sponsor beeinträchtigen als Cabot in seiner Eitelkeit dämpfen werde. »Das Ausland wird sagen, ich sei einer, der Trinkgelder gibt, statt geleistete Dienste zu bezahlen.« Schließlich fand man einen glücklichen Kompromiß, wie es meistens gelingt. Zehn Pfund. Ich höre nun die Stimme eines heutigen Anwalts mit kampflustig funkelnden Brillengläsern. »Bedenken Sie aber, zehn Pfund waren damals eine völlig andere Summe als heute.« Ich will ihm aber versichern: Als Vergütung für die Entdeckung Kanadas unterscheiden sich die beiden Beträge nicht sonderlich.

Und da sind wir nun heute, inmitten einer endlosen Rezession, und geben das Geld aus, als hätten die Banken soeben eine Rekordernte eingefahren. Erst die Olympischen Spiele mit ihren prachtvoll informellen letzten Stunden und jetzt die vorbehaltlose Großzügigkeit einer großartigen Stadt, die sich dem besten aller Anliegen geweiht hat, dem Anliegen der Menschlichkeit.

Die grauenhaften Obszönitäten in Bosnien, eine zeitweilige Verirrung, vereinen uns in unserem Entsetzen, einfach weil wir vom instinktiven Gehorsam gegenüber unseren Urinstinkten schon so weit fortgeschritten sind, dem gesunden Menschenverstand entgegen.

20. August 1992

Leere Drohungen

Ferien klären den Verstand und machen empfänglich für die kleinen Freuden des Lebens. Vom Deck des geliebten Segelboots – gebaut im Jahr 1929, alt genug also, um mir ein Bruder zu sein – beobachtet: Ein kleiner deutscher Junge im Wasser, etwa fünf Jahre alt, mit Schwimmflügeln und Badekappe, schrie aus Leibeskräften. Sein Schrei war nicht langgezogen, sondern stakkatohaft, eher jammervoll als panisch. Ganz in der Nähe im Wasser der Vater, rot vor Verlegenheit ob dieses Lärms, drohte mit dem Finger und schnarrte auf deutsch: »Also gut, noch ein Schrei, und Papa schwimmt nicht mehr mit dir!«

Der Kleine konnte sein Glück kaum fassen. Er nahm seine ganze noch verbleibende Kraft zusammen und stieß aus, was Saddam Hussein als die Mutter aller Schreie bezeichnet hätte. Ohne ein weiteres Wort hob der Vater seinen Sohn schwungvoll aus dem Wasser und beförderte ihn aufs Boot. Als man das Kind zuletzt sah, blubberte es glücklich vor sich hin und aß eine Banane. Man fragt sich natürlich, ob die gleichen Fehleinschätzungen auch bei gewichtigeren Verhandlungen vorkommen, beispielsweise bei denen der militanten Serben mit dem Rest.

Vor dem mediterranen Stuckpalast angekommen, der zur Zeit meine Frau beherbergt, die meine Leidenschaft für

Boote nicht vorbehaltlos teilt, sondern Strände bevorzugt, gibt es eine kurze, überfüllte Zufahrt, die zu den Drehtüren hinaufführt. Hier begegnete ich drei Herren aus der Golfregion, die ausgiebig miteinander diskutierten und infolgedessen nur sehr langsam vorankamen. Ich saß am Steuer meines Wagens, ließ höflich den Motor aufheulen und ließ mich schließlich so weit herab, daß ich kurz und stotternd die Hupe ertönen ließ. Nichts lief. Es war riskanter als Schneckentempo, denn hin und wieder pflegte der eine oder andere von ihnen, um eine Feststellung noch zu unterstreichen, einen Schritt rückwärts zu machen. Als ich endlich anhalten und hinter dem Steuer hervorkommen konnte, geschah das gerade noch rechtzeitig, um mitzubekommen, wie der gebieterischste der drei Herren eine verbale Attacke von unglaublichen Proportionen auf den livrierten Türdiener losließ. »Warum ist mein Auto nicht hier, wenn ich es haben will? Ich habe es vor dem Eingang gesagt. Statt dessen muß es aber nun geholt werden, und ich bin gezwungen zu warten.« Es folgte ein Katalog von Beschimpfungen, in deren Verlauf der Hoteldiener mit den niedersten Formen tierischen Lebens verglichen wurde und ihm mit göttlicher Vergeltung für derart grobe Nachlässigkeit gegenüber einem höheren Wesen gedroht wurde.

Ich war so erbost, daß ich meinem Zorn gegen den Mann Luft machte und ihm lautstark meinen Abscheu wegen seines Benehmens kundtat. Das hatte aber ebensowenig Wirkung wie zuvor das Signalhorn meines Autos. Er ignorierte meinen Ausbruch einfach und ging davon, zögerte dann einen Augenblick und kam zurück, um dem Hoteldiener einen Hundert-Franc-Schein in die Hand zu drücken.

»Ich kenne ihn seit zehn Jahren«, vertraute mir der Mann an, als der Kunde wieder davongegangen war, während ein

Hausdiener im Laufschritt vor ihm herlief, um den Wagen zu holen. »Er wohnt nicht einmal im Hotel, sondern in einer Wohnung nebenan. Er kommt bloß her, um den Strand zu benutzen. Er ist der Sekretär eines Potentaten, der die Höflichkeit selbst ist, meistens weil er zu beschwipst ist, um etwas Provokanteres als ein Lächeln zustande zu bringen. Dieser Kerl hat sich angewöhnt, mich wie ein Tier zu behan-

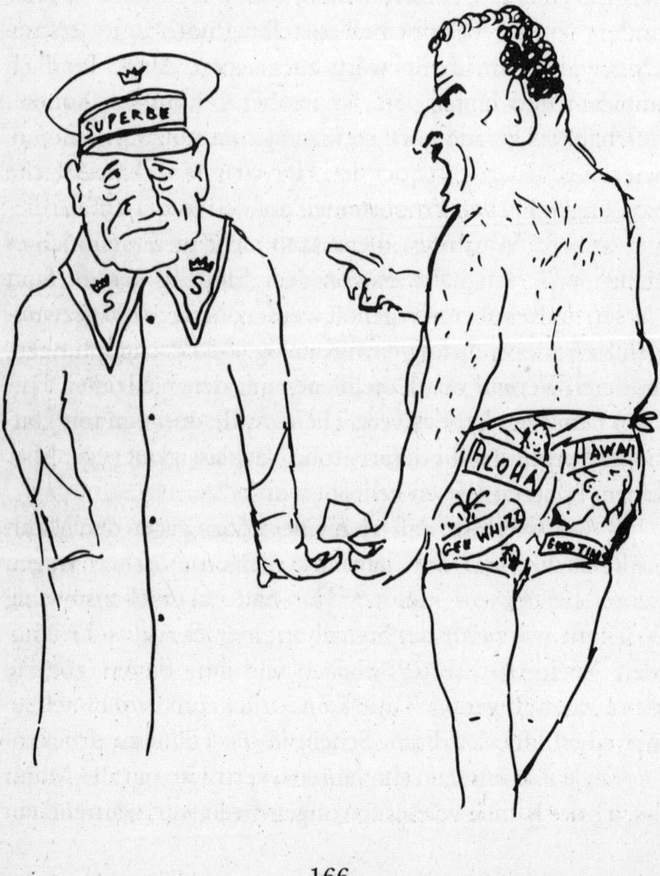

deln, aber er gibt dann immer ein überzogenes Trinkgeld, wenn er seinen Spaß gehabt hat. Was bleibt mir anderes übrig, als ihm die Befriedigung zu lassen? Ich wage nicht, mich zu beschweren, denn seine Trinkgelder sind wirklich sehr hoch, und dann bekäme ich ja nichts mehr. Nicht wahr?«

Dieses beunruhigend schrullige Ritual öffnet einem aber auch die Augen für ein Verhalten, das man in Weltgegenden für normal hält, in denen Reichtum und Stellung ihre eigenen Gesetze schaffen und wo der Kontakt mit einem Portier zwar als unangenehm, aber zugleich als Privileg empfunden wird, das man sich eine Kleinigkeit kosten läßt.

Schließlich warteten sie nicht auf Godot, sondern nur auf einen Rolls-Royce. Als ich am nächsten Morgen aus dem Hotel kam, um wie jeder normale Sterbliche auf mein Auto zu warten, kam ich gerade zur rechten Zeit, um eine funkelnd schwarze Corvette vorfahren zu sehen. Sie sah aus wie ein Racheinstrument aus einer amerikanischen Wunscherfüllungs-Seifenoper, gespickt mit verborgenen Kanonen und mit der diskreten Fähigkeit ausgestattet, über den Verkehr hinwegzufliegen, wenn es einmal drängen sollte. Der Wagen wurde nicht geparkt, wohlgemerkt, sondern einfach in der Auffahrt stehengelassen, eine Einladung an den nachfolgenden Verkehr, sich dahinter aufzustauen; und nicht etwa Batman war es, der sich aus der Tür wand, sondern ein stämmiger Bursche, der nur mit einer Baseballkappe und zerfetzten Jeansshorts bekleidet war. Er betrat das Hotel, ohne jemanden eines Wortes zu würdigen; offensichtlich stand er sehr hoch oben in der betreffenden Hierarchie, was immer es für eine sein mochte. Der Portier eilte zum Wagen und wollte versuchen, ihn beiseite zu fahren, denn sehr rasch hatte sich eine Schlange hupender Fahrzeuge gebildet, an deren Ende, noch auf der Hauptstraße, mein eigenes stand. Sogleich verschwand der Mann hinter den schwarzgetönten Scheiben, aber die krampfhaften Bewegungen des in seiner Obhut befindlichen Gefährts ließen vermuten, daß er eher an Citroëns gewöhnt war. Schließlich gelang es ihm aber, das vor ungenutzter Kraft rülpsende Ding von der Fahrbahn auf den Gehweg zu bewegen. Ehe er Zeit fand, sich um die anderen Autos zu kümmern, kam der stämmige Bursche aus dem Hotel; er sprach leise in ein Funktelefon. Der Portier, stolz auf die gute Arbeit, die er geleistet hatte, riß die Tür des Wagens auf, den er soeben mühsam beiseite geschafft hatte, und lud den stämmigen Herrn mit schwungvoller Geste ein, hinter dem Steuer Platz zu nehmen.

Dieser indessen, immer noch telefonierend, ging an der schwarzen Corvette vorbei, setzte sich in ein BMW-Cabrio und fuhr lärmend davon. Rockmusik dröhnte in voller Lautstärke aus seinem Radio, und so brauchte er nicht zu hupen, um seine Anwesenheit bemerkbar zu machen. Dieser Gast war zu erhaben über den mündlichen Kontakt mit den Niederen, um sich zu amüsieren. Exaltierter als ein bloßer Sekretär, machte es ihm Vergnügen, jenseits jeglichen Kontaktes zu stehen und zugleich anscheinend alles in Sichtweite Befindliche zu besitzen. Ja, ich fragte mich, ob der Wagen des Sekretärs vielleicht einfach deshalb nicht auf den Parkplatz gebracht worden war, weil alle Autos vor dem Hotel dort nur auf die Launen des stämmigen Burschen warteten.

Und so lenken die Ferien die Aufmerksamkeit auf die Ausübung der Macht, an die wir in der Regel nicht gewöhnt sind. Gleichzeitig gibt es einen Betonungswechsel in jenen Nachrichtenmeldungen, die uns nur allzu bekannt sind. Solange sie währten, erregten Fergies Großtaten am Rande eines lokalen Swimmingpools wenig Aufmerksamkeit, vielleicht weil es die Franzosen, anders als die Briten, kaum interessiert, wer zu irgendeinem Zeitpunkt an wessen Zeh nuckelt; eine derart verblüffende Enthüllung dem Recht der Öffentlichkeit auf Information zuzuschlagen zählt zu der Art von affektierter Scheinheiligkeit, die Großbritannien bei seinen Verleumdern so beliebt macht.

Wäre es Amerika, so gäbe es ohne Zweifel bereits eine Bewegung mit dem frommen Namen »Paparazzi für eine saubere Gesellschaft«. Ihr maßgeschneiderter Beschäftigungsgegenstand wäre Woody Allen, der von skrupelloseren Republikanern bereits als demokratischer Hoffnungsträger behandelt wird. Diese mutmaßen, ein schweifendes Auge und ein streunendes Herz seien greifbare Symbole des Liberalismus und Aufgeschlossenheit könne nur zu Frevelhaftigkeit führen. Als wäre es nicht absurd genug, werden diese logischen Franzosen durch den Druck der Mehrzahl ihrer zumeist ganz wirkungslosen Politiker genötigt, das Referendum zu Maastricht als eine pseudopolitische Wahl zu behandeln, während es natürlich beträchtlich viel weitreichender und wichtiger ist.

Hoffen wir, daß Präsident Mitterrand, wenn es um den letzten Mobilisierungsaufruf geht und wenigstens die fiskalische Interdependenz Europas außer Zweifel gezogen werden soll, nicht seinerseits zu jener Fehleinschätzung genötigt ist: »Noch eine Kritik, und Papa schwimmt nicht mehr mit euch!«

3. September 1992

Stimmungslagen

Erstaunt – um nicht zu sagen, schockiert – habe ich einen Leitartikel im *European* gelesen, fettgedruckt auf Seite eins, in dem den Franzosen geraten wurde, nein zu Maastricht zu sagen.

Meine Überraschung war sicherlich bedingt durch die Tatsache, daß ich bei der Geburt der Zeitung zugegen war, ihre beinahe tödliche Erkrankung von Anfang bis Ende miterlebt habe und ich immer noch da bin, um Zeuge ihres gesunden Heranwachsens zu sein. Es ist nicht unnatürlich, wenn jemand, der so reichhaltige und intime Erfahrungen mit einem lebenden Wesen gemacht hat, ihm gegenüber beinahe so etwas wie ein Besitzergefühl entwickelt.

In diesem Geiste las ich also weiter, um herauszufinden, was um alles in der Welt den Redakteur bewogen haben mochte, sich derart schroff gegen ein Abkommen zu wenden, mit dem sich Träume wie Alpträume verbinden, euphorische wie ominöse. »Um unser aller willen hofft der *European*, sie werden das Abkommen zum Fenster hinauswerfen und darauf bestehen, daß die Politiker und Bürokraten noch einmal ans Zeichenbrett zurückkehren«, konnte ich da lesen.

Nicht um meinetwillen, überlegte ich und fuhr mit

der Lektion fort. »Ein Vertrag, der das Leben eines jeden Europäers auf Generationen hinaus formen wird, sollte nicht in Kraft treten, solange ihm die Bürger eines jeden Mitgliedsstaats nicht von ganzem Herzen zustimmen.«

Das ließe sich über jeden Vertrag sagen, der zwischen zwei oder mehreren Staaten abgeschlossen wird, aber es gibt keinen historischen Präzedenzfall für eine so unfaßbar übereilte und utopische Initiative. Schon durch die Forderung, die Bürger aller Mitgliedsstaaten müssen von ganzem Herzen zustimmen, garantiert man, daß ein solcher Vertrag, ganz gleich, wieviel Arbeit auf dem Zeichenbrett geleistet wird, niemals unterschrieben werden wird.

Schon haben Politiker und Bürokraten so manches Mal bis tief in die Nacht hinein gearbeitet und als Früchte ihrer Mühen ein Dokument vorlegen können, zu dessen Lektüre bis ins Feingedruckte nur wenige die Intelligenz und noch weniger die Geduld besitzen. Jedermann ist sich über seine Unvollkommenheit im klaren, und manche behaupten sogar, es könne von Natur aus nie etwas anderes als unvollkommen sein. Im Lichte dieser Einschätzungen würde ich in aller Bescheidenheit zu bedenken geben: Es ist absurd, zu erwarten, daß selbst mit einer Revision dieses Dokumentes das vorbehaltlose Einverständnis der Bürger aller Mitgliedsstaaten sicherzustellen ist.

Die meisten Leute, die bei Sinnen sind, würden sich um keinen Preis erwischen lassen, zum Zeitvertreib einen Vertrag zu lesen; und selbst wenn sie dazu gezwungen wären, könnte das kaum dazu führen, daß sie ihm aus ganzem Herzen zustimmen, sofern nicht eine häßliche Drohung damit verbunden wäre. »Die Dänen haben gegen den Vertrag gestimmt«, erfahren wir. Nicht erwähnt wird die Tatsache, daß die Iren dafür gestimmt haben. Es heißt nicht »eins zu null«, sondern »allein gegen alle«.

Der Leitartikel wird freundlich anderswo fortgesetzt; er überläßt den Rest der Titelseite so wichtigen Nachrichten wie »Hunde zum Essen schockieren Schweizer« und verfügt sich auf die Seite, die traditionell den Freuden der Voreingenommenheit und des erhobenen Zeigefingers vorbehalten ist. Wir lesen, daß »die Politiker und Bürokraten, statt in Erfahrung zu bringen, was für eine Art Europa die Menschen wollen, und dann zu versuchen, einen Vertrag zu entwickeln, der diesen Wünschen gerecht wird, nach monatelangem heimlichen Gehandel und Gekungel einen privaten Deal aufsetzen«. Was, bitte, ist das für eine Maschinerie, mit der man herausfindet, was für eine Art Europa die Menschen wollen? Eine Serie endloser Referenden, mit denen man ganze Bevölkerungen auf die Palme bringen kann, oder vielleicht ein Gewitter jener ebenso modischen wie irreführenden Meinungsumfragen anderer Art, bei denen die »Weiß nicht« die »Ja« und »Nein« überwiegen, weil für »Mir doch egal« keine Vorkehrung getroffen ist?

Und warum sollten Verhandlungen plötzlich als »Gehandel und Gekungel« hinter verschlossenen Türen kategorisiert werden? Wenn dieses Gehandel und Gekungel tatsächlich auf ein Abkommen hinausgelaufen ist, welches dem Leitartikel zufolge »derart dehnbar formuliert ist, daß die britische Regierung es als eine Rückkehr der Kompetenzen an die Mitgliedsstaaten verkaufen kann, während die Deutschen es als einen weiteren Schritt auf dem Weg zu den Vereinigten Staaten von Europa präsentieren«, dann ist die Formulierung mit Absicht so dehnbar und war pragmatischerweise der einzig mögliche Kompromiß zwischen den Interessen seiner Verfechter.

Dies kann uns nur zu einer Schlußfolgerung führen: Ratifiziert oder nicht, der Vertrag wird endlosen Verhandlungen und Neubewertungen unterworfen sein, bis er eines Tages weiteren Fortschritten in der Integration unseres Kontinents Platz machen wird. Manche mögen sagen, wenn das so ist, kommt es kaum darauf an, ob die »Ja«- oder die »Nein«-Stimmen überwiegen. Im Gegenteil, es kommt sehr darauf an. Der Vertrag ist eine emotionale Angelegenheit und viel weniger ein juristisches Dokument, das als Weidegrund für hochdotierte Kümmelspalter aufgesetzt wurde. Die Jugend benötigt dringend ein Anliegen, das ihre Eltern nie für besonders nötig erachtet haben.

Europa als ein Schritt hin zur Demonstration wahrer Brüderlichkeit und ökologischem Bewußtsein, zu all dem Idealismus, den diejenigen, denen es mehr um die Bewahrung der kleinkarierten Annehmlichkeiten des Lebens zu tun ist, so gern als »handgestrickt« bezeichnen, ist ohne Zweifel ein drängendes Argument für ein massives »oui«. Ein »non« ist nur die Kapitulation vor den schuldbefrachteten Unsicherheiten der Vergangenheit, der nostalgischen Sehnsucht nach Zollschuppen und Kasernenhöfen, der Anhänglichkeit an zunehmend wertlose Nationalwährungen und der Illusion, ein kaltes und unhygienisches Zimmer sei die Burg des Sozialhilfeempfängers. Letzten Endes spiegeln »oui« und »non« weit mehr eine generelle Stimmungslage wider, als daß sie Zustimmung oder Ablehnung bestimmter Details in einem Dokument bedeuten würden. Es ist bemerkenswert, wie viele Industriekapitäne für Maastricht eintreten und in ihm den einzigen logischen Ausweg aus der derzeitigen kritischen wirtschaftlichen Situation sehen.

Natürlich würde eine einheitliche Währung den Spekulanten, die in diesem Jahrhundert des Maklers ihr eigenes Wohlergehen sicherstellen wollen, einen lukrativen Tummelplatz entziehen. Schlimmer noch sind die Verluste, die beim Transfer aus einer Währung in die andere von denjenigen zu verzeichnen sind, deren Arbeit Einkünfte aus verschiedenen Ländern mit sich bringt. Aber das sind lauter Details, verglichen mit der wesentlichen Richtung des Arguments. Gegen Ende des Leitartikels finden wir die Warnung: »Soll niemand sagen, eine Stimme gegen Maastricht sei eine Stimme gegen Europa. Die Gemeinschaft wird wachsen, mit oder ohne diesen Vertrag.«

Mit Verlaub, ich bin anderer Ansicht. Ein »Nein« wird man behandeln wie eine Niederlage für Europa, ob es dem *European* gefällt oder nicht; ein »Ja« wäre als Absichtserklärung verbindlich, aber immer noch offen für Interpretationen sprachlicher Natur, in der englischen Textfassung eher noch als in der französischen.

Hätte man den Versailler Vertrag – oder übrigens auch jeden anderen – davon abhängig gemacht, ob die Bürger aller Unterzeichnerstaaten ihn von ganzem Herzen befürworten, dann wäre er nie unterschrieben worden. Um so besser, sagt da jemand? Ja, aber dann wäre der Zweite Weltkrieg sehr viel früher ausgebrochen, sobald nämlich die Nationen sich von ihren schrecklichen Verlusten erholt hätten. Um solche stets wiederkehrenden Alpträume zu beenden, an die uns Bosnien so schmerzlich erinnert, dafür ist Maastricht so wichtig.

»Der *European* . . . wird weiter für ein Europa der Menschen kämpfen – nicht nur für eines der Politiker«, so klingt der letzte Fanfarenstoß des Leitartikels. Endlich kann ich bis zu einem gewissen Grad zustimmen. Aber zunächst einmal, lieber *European*, mußt du einen Ersatz für Politiker finden. Und, was noch schwieriger ist: Zustimmung aus ganzem Herzen, für irgend etwas, irgendwo, irgendwann.

17. September

Die Würze der Ironie

Früher gab es eine gespenstische Warnung an Leute, die auf Theatertournee gingen: Hüte dich vor diesem oder jenem Publikum; es hat keinen Sinn für Ironie.

Es war eine ziemlich allgemeingültige Regel für Gegenden, die entweder zu reich oder zu klein für einen solchen Sinn waren. Die Vereinigten Staaten, dachte ich immer, seien zu groß, um eine Dosis Ironie auf ihrem Speisezettel nötig zu haben, und Monaco zu klein, um es sich leisten zu können.

Auf alle Fälle waren Anspielungen in diesen Ländern häufig für die Katz, in den USA eher noch als in Monaco. Denn in Monte Carlo hatte der überwiegende Teil des Publikums einen zehnminütigen Weg von jenseits der Grenze hinter sich, während die Leute in den endlosen Weiten des amerikanischen Westens ganz und gar auf sich selbst gestellt waren, bar jedes Resonanzbodens, vom heulenden Präriewind abgesehen, und ohne alle Vorbilder außer den drohenden elterlichen Zeigefingern und den illustrierten Bibeln als Altarschmuck des Geistes.

Dies hat sich allmählich verändert; das Fernsehen mit seiner wilden Vielfalt von diskordanten Bildern hat dem durch Unerfahrenheit flexiblen Geist neue und oftmals beunruhigende Eindrücke aufgezwungen. Das Resultat all dessen, abgesehen von unzähligen Mordtaten aus Gründen, die selbst die Schuldigen nicht mehr verstehen, und vielen anderen Verhaltensgrillen, ist unweigerlich eine Zunahme an Ironie und Skepsis.

Die allgemeine Führungsqualität hat nicht dazu beigetragen, diesen Wahrnehmungswandel zu mildern. Mr. Ross Perot ist ein lebendes Symbol für den Vormarsch der Ironie in die Politik, selbst wenn er sich noch rechtzeitig zurückgezogen hat, um der Absurdität ihren freien Lauf in einer Wahl zu lassen, die so lange dauert, daß sie jeden Augenblick bis zur nächsten Wahl beeinflußt.

Obgleich den Lokalhelden mit jedem Trick aus dem wachsenden Arsenal der Public Relations gehuldigt wird, sickert doch ein gewisses Maß an Ironie durch den Spalt. Beim Anblick Mr. Reagans, der so lange Zeit hindurch tapfer vor sich hin schwamm, ohne den geringsten Boden unter den Füßen zu haben, wobei ihn nur das Badeentchen seines Talents als großer Kommunikator am Ertrinken hinderte, muß wenigstens ein paar Leuten klargeworden sein, daß er bei alldem herzlich wenig zu sagen hatte.

Mit Mr. Bush nun hat sich der Charakter geändert, aber kaum verbessert. Auch wenn persönliche Freunde seine Liebenswürdigkeit in beeindruckender Weise bezeugen, wird er damit Wahlen weder gewinnen noch verlieren. Auf diejenigen, die sich von seinen Qualitäten als Mensch, als Golfpartner oder sonstiges nicht beeindrucken lassen, wirkt er durchaus wie eines jener irritierenden Kinder, die sich niemals irren. Mit bis zum Anschlag erhobenem Zeigefinger unterstreicht er umständlich seine Argumente, als rede er mit Eingeborenen einer entlegenen Weltgegend, die sich sträuben, Glasperlen als offizielles Zahlungsmittel zu akzeptieren.

Und nicht selten kommt er mit einer Idee daher, die ihn offenbar wie ein Donnerschlag getroffen hat, die aber außer ihm alle Welt schon seit Jahren für selbstverständlich erachtet. Der Betrachter ist daher weniger fasziniert von der Originalität des Gedankens als vielmehr von der Frage, weshalb er denn so lange gebraucht hat, um heraufzudämmern, und wie viele schwerwiegende Fehlkalkulationen wohl dazu geführt haben mögen, daß er letzten Endes doch noch als Politiker akzeptiert wurde.

Und als Hintergrund der zuweilen etwas farblosen Ideenkonfrontation erleben wir, wie die üblichen Mengen an Dreck von Schnüfflern in das geheime Leben der Kandidaten geschaufelt werden, als habe ein Augenblick der Versuchung in den sechziger Jahren irgendeine entscheidende Bedeutung für die Steuerpolitik von heute. Zum Glück sind die Pfade des Sexuallebens von den grunzenden Trüffeljägern inzwischen abgeerntet, und so haben sie ihr Augenmerk nunmehr der militärischen Laufbahn der Kandidaten zugewandt.

In einer CNN-Sendung mit dem Titel *Crossfire*, deren Ziel, wie schon der Name verrät, die Übertreibung in ihrer krassesten Form ist, präsentierte man vor kurzem einen Vergleich des relativen Patriotismus bei Gouverneur Clinton und Dan Quayle.

Über diese bizarre Bewertung salbaderte keine geringere Autorität als Ollie North, der Virtuose des Reißwolfs. Dieses Leuchtfeuer in der finsteren Nacht des Zweifels erklärte, es kenne zahlreiche Kriegsdienstverweigerer und habe die höchste Achtung vor ihnen, solange es ihre religiöse Überzeugung sei, die sie veranlasse, das Kämpfen grundsätzlich abzulehnen. Das sei aber etwas ganz anderes, gab er zu bedenken, als wenn einer bereit sei, in manchen Kriegen zu kämpfen, in anderen aber nicht. Zielscheibe dieser wuchtigen Nuancierung war natürlich Gouverneur Clinton, von dem man wußte, daß er gegen den Krieg in Vietnam opponiert hatte – ein Fehlurteil, das heute noch tragisches Echo und Nachbeben zur Folge hat.

Aber Ollie ist offenbar der Meinung, Befehl sei Befehl, und sei die Sache nun gut oder schlecht, gehorchen müsse man. Und sollte es daran noch Zweifel geben, so ist er, wie man sich zu erinnern meint, ein leuchtendes Vorbild an Kreativität, was die Interpretation solcher Befehle angeht.

Natürlich sind Sendungen wie diese geradezu Brutstätten für den Kokon der Ironie; aber Ironie in ihrer natürlichsten und ungekünstelten Form kommt doch großenteils aus Regionen, die die Widersprüche der Geschichte schon seit längerem kennen. Man denke an jenes umstrittene Territorium, das einst Jugoslawien war. Der *European*-Kolumne *Worte der Woche* ist zu entnehmen, daß ein bosnischer Soldat in Sarajevo angeblich gesagt hat: »Wir nennen das Frieden – wir kriegen jetzt nur zweihundert Granaten pro Tag ab.«

Unterdessen hat Bobby Fisher ganz in der Nähe der fliegenden Granaten, in dem Ferienort Sveti Stefan, für eine Sensation gesorgt, indem er, nachdem sein Rivale Boris Spasskij in der Serie ihrer Partien mit ihm gleichgezogen hatte, darum bat, das gesamte Publikum zu entfernen.

Aus welchem Grund? Ein Zuschauer hatte geniest, als er eben einen Zug machen wollte, ihn damit in seiner Konzentration gestört und seine Niederlage verursacht.

Und doch – während der Geist ganz offen auf die nächste Absurdität im täglichen Katalog der Kontraste wartet, kommen immer noch Begebenheiten vor, die ein Funkeln ins gelangweilte Auge treten lassen und für das angeödete Ohr wie Musik klingen. Eine Delegation von Fabrikdirektoren aus der sibirischen Region Kusbass erschien in Genf, um die Möglichkeiten von Schweizer Investitionen für ihre Industrie sowie ein gewisses Maß an technischer Zusammenarbeit auszuloten.

Herr Sterligow, der Sprecher dieser reichsten Steinkohlebergbauregion Rußlands – vierzig Prozent der russischen Qualitätskohle werden dort gefördert –, drückte sich in seiner Rede sehr präzise aus. Er ermunterte zu technischer Hilfe und hoffte auf Investitionen zum beiderseitigen Vorteil, aber barmherzige Geldgeschenke oder Lebensmittelspenden lehnte er ab. Er ließ keinen Zweifel: Wenn sie außerstande seien, sich selbst zu ernähren, und die Kontrolle über die eigene Zahlungsfähigkeit verlören, dann verdienten sie auch nicht zu überleben. Diese Einstellung kam bei den sturen Schweizern gut an.

Das County Durham ist Partnerregion des Distrikts Kostroma im Nordosten von Moskau. Eine wunderbare Postkarte kommt von James Pollock, einem Studenten der Universität Durham, der zusammen mit anderen Studenten dort seine Ferien verbringt und das alte, langsam verfallende Kloster wiederaufbaut. »Es ist atemberaubend schön«, schreibt er, und schließlich: »Wir haben so viel zu lernen.«

Und gerade heute erst: Glückwunsch an eine internationale Schule in der Nähe von Genf, in La Chataigneraie, deren Studenten entscheidend mitgeholfen haben, die Arbeit einer kleinen Stiftung namens *Global Harmony* zu ermöglichen. Ohne eine Spur von Herablassung oder Überheblichkeit gibt diese kleine Organisation lateinamerikanischen und indischen Gruppen Hilfe zur Selbsthilfe. Sobald das dabei entstehende Team unabhängig und arbeitsfähig ist, ziehen die Lehrer weiter, um anderen zur Eigenständigkeit zu verhelfen. Die jungen Menschen verstehen diese Ziele, sie freuen sich am Reiz des Neuen und stellen das Überleben der Organisation sicher.

Ironie ist eine erheiternde Zutat, die manches, was sonst unerträglich grausam und hart wäre, genießbar macht. Aber welche Erleichterung gleichwohl, Begebenheiten zu verzeichnen, die dieses Gewürz nicht nötig haben. Und beinahe ausnahmslos haben sie mit jungen Menschen zu tun, und das an sich ist schon Balsam für die Wunden der täglichen Tretmühle.

24. September 1992

Peter Ustinov

Gott und die Staatlichen Eisenbahnen

256 Seiten

In neun charmanten Geschichten nimmt Sir Peter mit weiser Ironie menschliche Un- und Eigenarten aufs Korn. So berichtet er z. B. von einem peniblen kommunistischen Bahnhofsvorsteher, der eine bunte Mischung aus Aristokraten, Priestern und Amerikanern vor der ihnen zugedachten tödlichen Begegnung mit einem Erdrutsch bewahrt. Und der dann, sehr publicityträchtig, vom Stalinismus zur katholischen Kirche konvertiert. Für Fans des großen Erzählers Peter Ustinov ein Muß!

ECON Taschenbuch Verlag
Postfach 30 03 21 · 40403 Düsseldorf